4/02/18.

Offert par me ____ d'amour
Magda

♡

N'oublie pas que tu t'appelles Ruth

———

Déborah Malka-Cohen

N'oublie pas que tu t'appelles Ruth

ISBN : 9781976789182

Pour J,

« Mon âme attendait le jour de ta naissance pour commencer à t'aimer… »

N'oublie pas que tu t'appelles Ruth

Préface

— *Alors, Madame Davis, depuis la dernière fois que l'on s'est vus, je voulais savoir où nous en étions avec votre troisième opus. J'espère que vous avez bien suivi mes instructions pour augmenter les ventes de vos livres ! J'ose espérer que vous avez changé le sujet principal, pour toucher un plus grand nombre de lecteurs, comme je vous l'avais bien expliqué.*

— *Disons que pour mon tome trois, je raconte toujours encore un peu mes aventures déjantées, mais cette fois-ci, j'ai rajouté…*

— *Non, mais ce n'est pas vrai ! Didier, DIDIER ! Ramène-toi ! Ah ! Te voilà. T'es sourd où quoi ? Deux fois que je t'appelle. Tiens, prends mes clefs, et va vite me déplacer ma bagnole. Y a les flics plein le boulevard de l'Hôpital. À coup sûr, ils vont me l'enlever, comme la dernière fois ! Je les vois depuis t'à l'heure, ils font qu'aligner, ces saligauds. Et tu sais quoi, pendant que t'y es, va me prendre un pain au chocolat en face.*

— *Tout de suite, Monsieur E.*

— *Bon, où en étions-nous, ma grande ? Vous me disiez quoi ?*

— *Je disais que j'avais bien pris note de vos remarques très utiles concernant mes deux premiers tomes. Cependant, j'ai préféré continuer à raconter mes aventures New Yorkaises, même si cette fois-ci, j'ai rajouté des…*

— AH NON ALORS ! JE NE SUIS PAS CONTENT ! (sursautage de classeurs et de Junes Davis, qui se met à flipper grave, tout à coup !). Ce n'est pas ce que je voulais entendre ! Vous allez encore nous bassiner avec du Micka, du fiston, de vos jumelles… Comment-vous les appelez, déjà, votre paire d'enfants… Ah oui ! Comment oublier ! Fifille 1 et Fifille 2 ! Mais je vais vous dire, Madame Davis, j'en ai ras-la-casquette de votre vie personnelle. J'en ai plein le dos de tout ça. Je ne dis pas que cela ne fait pas encore un peu rire, mais je voulais autre chose.

— C'est ce que j'allais vous dire. Pour ce nouveau livre, j'ai pris la liberté de rajouter…

— Ça va, j'ai compris ! Sinon, vous n'avez rien en stock de différent, dans vos tiroirs ?

— C'est ce que j'essaye de vous dire depuis quinze minutes !

— De me dire quoi ? Parce qu'il faut comprendre que je suis impatient de lire quelque chose qui n'a plus rien à voir avec ce que vous faites d'habitude ! Quelque chose de croustillant, vous voyez ? me dit-il avec l'œil qui brille.

— J'ai bien un petit quelque chose dans mon placard à histoires. J'hésite à vous le donner, car je ne suis pas très sûre de moi. J'ai peur d'être trop crue, trop passionnée, trop éloignée de mon style initial.

— Vous l'avez dans votre sac, votre manuscrit ?

— Oui !

— Je peux l'avoir ?

— D'accord, mais à une condition, Monsieur E.

— C'est le monde à l'envers, ma parole ! Madame Davis, quand il y a deux ans, je vous ai proposé de travailler avec moi, nous étions bien d'accord pour que moi, et moi seul, pose les conditions ! Alors qu'est-ce que vous me faites ? Donnez-moi ce manuscrit, et arrêtez de me faire perdre mon temps !

— *Pas avant que vous me juriez de lire mon troisième tome en entier, qui, je vous le promets, sera à hauteur des deux autres (voire mieux, soyons TRÈS optimiste, et…modeste !). Et pas de salades comme la dernière fois. Je vous ai grillé. Vous n'avez lu que les trois premiers chapitres. By the way, j'en ai été très vexée !*

— *Vexée ? Qu'est-ce qu'il ne faut pas entendre ! C'est exactement pour ce genre de réactions que je n'aime pas travailler avec les auteurs. Vous avez tendance à prendre la mouche pour rien ! Votre sensibilité m'exaspère !*

— *Mon mari me dit souvent la même chose ! Mais en général, je lui réponds que c'est mieux d'avoir une femme sensible, qu'une femme casse-pieds !*

— *Ça revient au même, vu que ce trait de caractère casse les pieds ! Vous imaginez bien que je ne lis pas TOUS les livres que j'édite, sinon, je passerais mon temps à lire, plutôt qu'à travailler ! Trêve de bavardages, sortez-moi donc de votre sacoche féminine ce qui m'intéresse.*

— *Oui, tout de suite. En tout cas, si un jour, je décide de travailler dans l'édition, je serai comme une folle d'avoir la possibilité de lire des millions de livres toute la journée et tous les jours ! Ah ! Le voilà, pendant que je vous parlais, j'ai fouillé dans mon sac, et j'ai trouvé mon histoire… Oy ! Zut !*

Je m'excuse, vraiment je suis confuse. Je viens de m'apercevoir que l'une de mes filles a mis par erreur un Kinder chocolat dans mon sac, et comme les créateurs n'ont pas encore pensé à installer l'air conditionné dans leurs créations, et qu'il fait plus de trente-cinq degrés dehors, je viens de me rendre compte que quelques pages sont « un peu » tachées de chocolat. Je suis vraiment désolée.

— *Je m'en contrefous, de vos tâches. Tâchez à l'avenir de ne pas laisser vos enfants toucher à vos affaires, vous serez gentille ! Donnez-moi ça ! Maintenant que j'ai quelque chose, on se donne rendez-vous demain, même heure, même endroit.*

— *C'est noté, même heure, même endroit.*

— *Je profite de votre passage à Paris, tant que je vous ai sous le* coude, parce qu'après, vous allez encore vous envoler vers chez vous, là-bas, aux États-Unis.

— Oui, je suis venue pour trois jours, express. Je n'ai pas pu emmener mes enfants, ni mon mari, parce que…

— Me racontez pas votre vie ! Et dites-moi juste le sujet de l'histoire, avant que je commence.

— Toutes mes excuses, Monsieur E. Cette romance se déroule à l'aube de la seconde guerre mondiale. Le petit plus, c'est que je me suis essayée à la double narration. Un coup, on est dans la tête de l'héroïne, un coup, on est dans la tête de l'héroïn.

— De l'héroïn…vous voulez dire du héros, non ?

— Oui, du héros ! Je ne sais pas ce qui m'arrive, mais en ce moment, j'ai tendance à convertir tous les mots masculins en mots féminins… Ça doit être mon côté féministe qui se manifeste, alors que je devrais plutôt aller manifester pour plus d'égalité au boulot.

— Eh bien, ça promet ! Je me fais un petit café, et je m'y mets. À demain, et soyez pas en retard comme aujourd'hui, à cause de ce soi-disant décalage horaire. Cela ne m'intéresse pas de savoir qu'il sera trois heures du matin chez vous ! Quand je dis neuf heures, c'est neuf heures !

— Très bien, j'ai compris. À demain Monsieur E.

Un récupérage de clefs plus tard, et un café fumant sur la table préparé avec soin par son assistant, Monsieur E. s'installe confortablement dans son énorme fauteuil en cuir, priant pour que personne ne vienne le déranger. Il retire ses chaussures à semelles caoutchoutées, comme chaque fois qu'il veut se détendre (manie étrange qu'il a gardée depuis sa plus tendre enfance, et dont il n'a jamais vraiment réussi à se débarrasser), et commence à lire le titre noté sur la première page du manuscrit écorné et taché de Junes Davis :

« N'oublie pas que tu t'appelles Ruth… »

Les employés des éditions Edmond peuvent entendre grommeler leur patron du fin fond de son bureau :

— Rien qu'avec le titre, elle va réussir à me faire chialer, celle-là. Espérons que cette petite continue de me faire rire comme à son habitude, parce que c'est dans ce style-là que je la préfère.

L'éditeur de Junes Davis adore lui faire croire qu'il ne lit rien d'elle, alors que c'est un sacré menteur ! Monsieur E. ne lui révèlera jamais qu'il a un classeur rempli de coupures de journaux dont elle est l'objet. Il considère qu'il n'est pas nécessaire de lui dire que chaque lundi, lui et sa femme sont devant leur écran, à imprimer les chroniques de sa petite protégée. Non, non, non, il ne veut pas qu'elle pense qu'il la considère comme bien plus qu'un simple auteur, et c'est en se brûlant la langue au troisième degré, qu'il commence le chapitre 1 :

« N'oublie pas que tu t'appelles Ruth… »

N'oublie pas que tu t'appelles Ruth

Chapitre 1

Margot

Je m'appelle Margot, j'ai dix-neuf ans, et je suis fille unique. Je viens d'une grande famille de l'aristocratie française, d'origine alsacienne.

Mes parents n'ont jamais pu avoir d'autre enfant après ma naissance. Ne pas avoir de garçon a toujours dérangé papa. Pour lui qui rêvait de perpétuer son nom, c'était râpé. Personnellement, cela ne m'a jamais dérangée d'être toute seule, et de grandir entourée uniquement d'adultes.

Il paraît que D. m'a dotée d'une beauté qui met tout le monde d'accord ! Cela me flatte beaucoup, même si j'ai du mal à le croire ! Je ne peux pas comptabiliser le nombre de mes défauts, mais celui qui me dérange le plus, c'est ma trop grande taille, que j'ai héritée de mon père, et qui m'a valu ce maudit surnom de « Mademoiselle Échasses » durant toute mon enfance. Heureusement que j'ai hérité des cheveux fins et blonds de ma mère !

Chaque été, j'étais envoyée dans la maison familiale boulonnaise de mes grands-parents. J'ai des millions de souvenirs de mon temps passé là-bas. Entre les cousines, les nounous, et le beau monde qui défilait chaque soir pour diner, j'aurais adoré y vivre toute l'année.

Avec une touche de nostalgie, je me remémore la dernière fois où j'y ai séjourné, et je repense à mon cousin François. Petits, lui et moi étions inséparables. En grandissant, cela n'a pas beaucoup changé, sauf que le dernier soir, avant mon retour prévu sur Paris, et lui, sur Marseille, pour le remercier de sa gentillesse à mon égard, je l'avais laissé m'embrasser sur les lèvres, pour voir ce que cela faisait.

Ah oui, elle se lâche, la Davis ! Enfin, elle commence à comprendre ce que je lui suggère depuis un an ! Eh bien, c'est pas trop tôt !

D'après ce que j'avais lu dans les livres, embrasser quelqu'un aussi intimement, était censé vous donner le vertige ! Autant dire qu'avec François, j'avais été déçue. Je ne sais pas si c'est parce que mon cousin n'était pas très bon dans le domaine, ou parce que nous étions de la même famille, mais la seule chose que j'ai ressentie, c'est que lui, en voulait plus… et je n'ai pas du tout aimé son empressement ! Tout de même, je reste une jeune fille de bonne famille, avec une vertu à protéger ! Depuis, je ne suis plus du tout sûre de vouloir y retourner, même si je me languis de ma grand-mère.

Heureusement que ma mère, bien que souvent envolée par monts et par vaux, pour accompagner mon père dans ses déplacements professionnels, m'a inculqué une solide éducation.

Elle m'a mise en garde des centaines de fois, en m'expliquant bien que si une femme veut réussir sa vie, elle ne doit pas compter que sur sa beauté. Un jour viendra où celle-ci sera fanée. Il faut aussi acquérir une certaine culture générale, en lisant des livres, des journaux, des revues de presse, etc., sans oublier d'être maligne, pour imposer ses idées de façon subtile et non-agressive aux hommes, afin de mieux diriger son monde ! Parler plusieurs langues est aussi un réel atout pour remplir le rôle de la « parfaite maîtresse de maison ». C'est pour cette raison que je parle quatre langues : le français (évidemment), l'anglais, l'allemand, et l'italien.

Elle commençait souvent ses phrases par :

« Margot de Buissière, retiens bien les paroles de ta mère. Dans la vie, il y a deux catégories de femmes : il y a les nigaudes qui ne réfléchissent qu'après, qui foncent tête baissée, et celles qui réfléchissent avant, et anticipent les situations, même les plus délicates ! Je compte sur toi pour toujours faire partie de la deuxième catégorie.

Arrange-toi pour ne jamais te laisser envahir par tes sentiments, et fais marcher ta tête avant tout ! J'ai vu défiler assez de niaises dans ma vie, pour t'empêcher de faire les mêmes erreurs, ma fille ! »

En général, je savais que quand elle commençait son sermon, j'en avais pour un moment ! Non pas que maman n'était pas intéressante, au contraire, elle était passionnée et passionnante, mais moi, je rêvais d'autre chose...

Tiens, prenons ma voisine Viviane comme exemple. Elle s'est retrouvée enceinte sans être mariée... Mon D. ! Quelle humiliation pour elle et sa famille ! Après que tout le monde l'a su, j'évitais soigneusement de lui dire bonjour en public. Je ne voulais pas que les gens m'associent à elle et à son « problème ».

Excepté un jour où je m'ennuyais, où pour apaiser ma curiosité de petite bourgeoise, j'avais daigné lui demander :

— Comment une fille comme toi, moins idiote que certaines, a pu bêtement gâcher sa vie avec ce fils de cordonnier sans le sou ?

L'imbécile m'avait chuchoté à l'oreille, qu'à la seconde où accompagnée de sa gouvernante, elle avait déposé les chaussures de son père pour les faire cirer, elle avait ressenti ce qu'on appelle : le coup de foudre, qui avait été tout aussi réciproque.

Ah là là…voilà où son « coup de foudre » l'a menée ! Se retrouver reniée de tous, à vivre si jeune une grossesse hors mariage. Je considère son acte comme un pur suicide social ! Quel gâchis !

Parce que je ne vous ai pas dit le plus beau : son crétin de fils de cordonnier l'a laissée tomber pour soi-disant partir dans le sud, et trouver un meilleur travail, loin de Paris, où ils pourront faire leur vie de façon totalement anonyme. Il lui a promis que dès qu'il aurait assez d'argent, il viendrait la chercher, elle et leur bébé. Contrairement à cette bécasse, je ne suis pas née de la dernière guerre ! Je mets mon jupon du jour à couper, que le bougre aura bien le temps de s'établir là-bas, et de trouver une autre cruche pour ne jamais revenir. Bien fait pour elle ! Sa mère aurait dû faire comme la mienne, et lui inculquer de ne pas succomber au premier venu.

Il est évident qu'une situation pareille ne risque pas de m'arriver !

Papa et maman ont de grands projets pour moi, et je ne veux pas les décevoir. Déjà que ma naissance a été une déception, j'ai toute ma vie pour leur prouver que je suis aussi capable qu'un homme d'accomplir de grands desseins. J'ai toujours vécu dans la richesse, et je n'ai jamais manqué de rien. Mon père est un grand avocat d'affaires connu dans toute la capitale. Son bureau donne vue sur les quais, et si on se penche, on peut apercevoir Notre-Dame-de-Paris. Depuis des années, pour entretenir la carrière de Papa, maman et lui organisent des dîners mondains à la maison trois fois par semaine.

C'est pour cette raison que dès mon plus jeune âge, ma mère m'emmenait avec elle dans les grands magasins pour trouver les plus belles robes, car c'est un devoir d'être parfaitement apprêtée en toutes circonstances.

Combien de tintements de verres, de rires, et de bavardages, j'ai dû entendre du fin fond de ma chambre, rongée de frustration de ne pouvoir me joindre à eux ! Heureusement que depuis peu, les choses ont commencé à évoluer pour moi. Enfin est arrivé le jour où, moi aussi, je peux me joindre à tous ces diners d'affaires.

Avec le recul, je me rends compte que c'est beaucoup moins intéressant que ça en avait l'air ! À dire vrai, écouter tous ces bons hommes s'est avéré plutôt barbant ! Ma seule réelle réjouissance, c'est qu'à mon tour, je peux m'habiller, et profiter à fond de cette nouvelle garde-robe que maman m'a composée avec soin ! J'aime parader dans des étoffes nobles avec des coupes impeccables.

En grandissant, je me suis intéressée de très près à la qualité des tissus avec lesquels ces somptueuses créations cousues main étaient fabriquées, mais pas que… Connaître l'histoire de chaque maison de couture est devenue une véritable passion à part entière. Chanel, Elsa

Schiaparelli, Maggy Rouff...pour ne citer qu'eux, n'avaient aucun secret pour moi ! Je connaissais tout par cœur.

Ce que je voulais plus que tout au monde, c'était qu'un jour, moi aussi je sois en mesure de créer et faire prospérer ma propre maison de vêtements. Mais attention, je voulais révolutionner le milieu de la mode, en inventant un concept complètement inédit ! Je proposerais à mes clientes des produits non seulement de ma propre boutique, cela va de soi, mais aussi, j'inviterais chaque créateur à vendre au sein-même de ma maison, le modèle phare de chacune de leur saison. Je voudrais que mes clientes potentielles soient habillées de la tête aux pieds, sans avoir besoin de courir cinquante boutiques, comme j'avais pu observer maman le faire. Je ne comprends même pas comment je suis la seule à y avoir pensé ! Faut croire que le monde attendait mon idée si ingénieuse.

La seule chose qu'il me faut pour démarrer mon affaire, c'est avoir à mes côtés quelqu'un qui a les pieds bien ancrés dans l'industrie de la mode et du vêtement. J'ai besoin de quelqu'un de riche, de puissant, au bras long, qui saura m'ouvrir les portes.

C'est dans cette optique que j'ai jeté mon dévolu sur le dernier fils de la famille Jaluzot.

Ce monsieur n'est autre que le propriétaire d'un des plus grands magasins de Paris. Je ne me rappelle plus du nom de l'enseigne de cet empire, mais je sais que cela a un rapport avec les quatre saisons.

Peu importe le nom, car c'est ce soir que ma vie se joue ! Depuis des mois, mon père fait des pieds et des mains pour que Monsieur Jaluzot père, son épouse, et leur fils, acceptent son invitation à diner.

Pas plus tard que la semaine dernière, papa m'a téléphoné de son travail pour m'annoncer la nouvelle, qu'ils avaient enfin dit oui. Apparemment, ma beauté est parvenue jusqu'aux oreilles bien pointues de mon futur mari.

Depuis ce matin, je suis nerveuse à l'idée que dans quelques heures, ils seront dans notre salon. Je compte époustoufler leur fils par la robe que je vais porter ! J'ai soigneusement noté des sujets de discussion qui seraient susceptibles de l'intéresser. Le tout, c'est d'éviter de parler de religion et de politique, en le laissant croire que je n'ai pas d'avis ! Moins il connaitra le fond de mes opinions, plus je pourrai me rallier à ce qu'il pense. Ce sera un jeu d'enfant !

Cependant, pour l'heure, je dois me dépêcher, car je dois rejoindre mon groupe de lecture. Tous les jeudis matin, Juliette, Camille, et moi, allons au « Café du Troca », pour prendre le thé, et parler des bouquins que nous avons lus la semaine passée. C'est au cours de nos petites séances, que Camille, dite Ca', pour les intimes, qui est ma meilleure amie, m'a soufflé le nom de ma future boutique. En effet, l'œuvre que nous avons lue quelques semaines plus tôt était : « Les Misérables » de Victor Hugo. Tout au long de ma lecture, j'avais trouvé assez intéressant le personnage de Cosette. En son honneur, je voulais appeler « Cosette », ma chaine de magasins plus que prometteuse. Comme toujours, Ca' n'a pas pu s'empêcher de me donner son petit avis sur le sujet, et m'a vivement dissuadée d'utiliser ce prénom.

Elle ne serait pas si agaçante, si elle ne prenait pas son petit air de pimbêche quand elle n'est pas d'accord avec son interlocuteur. Elle commence toujours ses phrases par :

— Ma chérie (ce ma chérie, est le début de chaque laïus avant qu'elle ne vous mange tout cru), ne soit pas sotte ! (Qu'est-ce que je disais ?), le prénom Cosette, fait plus pitié qu'envie ! Et si tu veux attirer du monde, et du beau monde dans ta boutique, il faut que tu donnes envie ! Je n'y connais pas grand-chose, mais pour moi c'est évident (au moins, elle l'avoue !).

Elle plisse son joli petit nez retroussé, et déclare :

— Pourquoi ne l'appellerais-tu pas, voyons voir…mmh…je sais ! Colette, comme ma tante. Je trouve ce prénom fort et noble à la fois.

— Colette, Colette, Colette ! Cela sonne plutôt bien, mais permets-moi de te dire, que si encore une fois tu sous-entends de quelque manière que ce soit, que je suis sotte, je n'hésiterai pas à dire à tout le monde ce que tu m'as confié quand tu es venue manger chez moi lundi midi.

— Tu n'oserais pas !

— Traite-moi encore de sotte pour voir !

Je marche à bon pas pour les retrouver, quand soudain, je réalise que ce sera notre dernière réunion de la saison. Notre café préféré doit subir de grands travaux pendant plus de trois mois consécutifs. Il faut reconnaitre qu'il allait tomber en ruine si Monsieur Tavernaux, le propriétaire, n'avait pas pris cette décision quelques mois plus tôt.

Donc, ce matin, avant d'affronter le diner de l'année, je compte bien profiter encore un peu d'une bonne dose de commérages des copines, et de ce délicieux pain au chocolat dont seul Monsieur Pichard, ancien de la maison Ladurée, en a le savoir faire !

Mathieu

Je m'appelle Mathieu, j'ai vingt-deux ans. J'habite à quelques kilomètres de la ville de Roanne. J'ai dû arrêter l'école à quinze ans, pour aider papa à porter les caisses au marché.

Depuis cinquante ans, nous sommes des vendeurs de fromage, de père en fils. Au début, lorsque j'ai commencé à travailler avec lui, ce qui me dérangeait le plus, c'était cette odeur tenace de Brie, que je dégageais une fois ma journée de travail finie.

Je ne saurais dire pourquoi cela m'importunait autant, car à ma connaissance, papa a toujours senti le crottin de chèvre, et cela ne m'a jamais spécialement dérangé.

À croire qu'à l'époque, inconsciemment, je voulais déjà me démarquer de lui et de mon grand frère, Justin. Ce dernier a toujours été clairement beaucoup plus motivé que moi.

Au bout de quelques mois, lorsque je ne supporte plus de voir les gens porter leurs mains à leurs narines chaque fois que je passe près d'eux, je décide d'agir.

Je m'arrête devant la boutique préférée de ma mère, et j'y passe commande, comme elle le faisait. Elle adorait passer du temps là-bas, pour y acheter des sachets bourrés de lavande. Je me souviens très bien qu'elle les glissait dans nos commodes, pour que notre linge sente bon la lavande toute l'année. Il y a cette image qui me revient souvent en mémoire, qui a bercé toute mon enfance, celle où chaque soir, quand papa rentrait de sa dure journée, elle le faisait asseoir, et lui proposait toujours à boire. Elle plaçait un petit bol, qui sentait bon la vanille, devant lui. Je le voyais plonger ses mains dedans, pour masquer, au moins pour la soirée, le côté nauséabond de notre métier.

Quand elle est morte, il y a deux ans, l'odeur de la lavande et de la vanille, n'ont plus jamais flotté dans l'air de chez nous. Ils ont disparu avec elle. Pour lui rendre hommage, une fois par mois, je demande à Audrey, la fille de monsieur Pollin, qui tient le magasin, de me mettre de côté deux bouteilles d'eau de vanille, que je récupère en douce dans la cour de l'arrière-boutique, pour ne pas que son père, ou d'autres, s'imaginent des choses totalement fausses sur nous deux.

Le soir, une fois que je m'assure que papa et Justin sont couchés, j'essaye de recréer la même substance que maman, mais cela ne donne jamais pareil. J'ai beau laisser tremper mes mains pendant plus de quinze minutes, rien n'y fait, la puanteur revient toujours.

En général, pendant que j'attends que le produit agisse, je me mets à rêver secrètement de partir loin de mon village. Je suis persuadé que quelque part dans un futur proche, j'aurai un destin totalement différent de celui qui m'est tout tracé.

Je me garde bien de parler de mes fantasmes à haute voix, ou à quelqu'un, parce que je me souviens très bien de la fois, où devant le curé, j'avais dit que j'adorais danser le tango, et papa n'avait pas apprécié. Fallait voir la raclée que je m'étais prise. Apparemment, je lui avais fait honte, alors que je n'exprimais qu'une simple opinion.

Pour concrétiser mon rêve de m'évader, plusieurs fois,

j'ai essayé de mettre de l'argent de côté pour m'acheter un billet de train pour monter sur Paris, mais à chaque fois, toute tentative capotait toujours d'une façon ou d'une autre. Pour la bonne cause, j'ai dû donner mes économies à Justin, qui gérait les finances de notre foyer.

Je n'avais pas le cœur à garder cet argent pour moi, alors que la toiture de notre modeste maison venait à lâcher. Peu importaient mes rêves, ma famille passerait toujours avant le reste !

Nous habitons une petite maison à l'entrée du village où je me suis toujours fermement ennuyé, tant il ne se passe pas grand-chose, même lors des bals que la mairie organise. Rien ne m'intéresse dans l'aspect de mon travail.

D'ailleurs, mon père n'hésite jamais à dire devant tout le monde, qu'au moins, Justin fait des efforts pour apprécier notre vie de fromagers.

Est-ce qu'avec le temps, cela a créé une forme de jalousie à l'égard de mon frère ? Pas du tout ! Justin est l'intellectuel de la famille, et moi celui qui doit simplement porter les caisses du matin au soir.

Si seulement ils se doutaient tous les deux que j'aspire à tellement plus…

Je sais au fond de moi, sans trop y croire, qu'un jour, la chance va enfin tourner, et que je pourrais me tirer d'ici, de chez les ploucs !

Surtout depuis qu'Anne-Sophie m'a plaqué pour un autre, je n'ai vraiment plus la tête à faire des efforts. Sans elle, et même si j'aime ma famille plus que tout, plus rien ne me retient ! Bien que nous soyons séparés depuis des mois, il m'arrive souvent de repenser à ses cheveux noirs comme la nuit, et ses jambes interminables. Nos ébats amoureux étaient toujours remplis d'ardeur, de ferveur, de passion. Chaque baiser que je lui donnais, renforçait mon désir de la…

{…}

Eh pépète, mais c'est qu'elle se lâche un peu trop, dame Davis ! Je supprime toute cette partie, cela vaut mieux ! Je ne voudrais pas avoir d'ennuis avec son papa, qui est un ami de longue date.

{…}

Lorsqu'elle m'a annoncé qu'elle n'était plus amoureuse de moi, j'ai eu ce qu'on appelle, une vraie peine de cœur. J'avais mal, tellement mal, qu'elle me quitte juste après la messe, par un dimanche pluvieux, que je l'avais traitée de putain, mot que j'avais regretté aussitôt après l'avoir prononcé.

Elle avait tourné les talons pour de bon, sans attendre son reste.

De temps en temps, je repense encore à notre histoire avec tristesse, même si le temps panse ce genre de blessures, celles-ci ne disparaissent jamais tout à fait. Cela fait encore un peu plus mal quand il m'arrive d'apercevoir au loin ses cheveux noirs de jais, qui dansent au rythme de ses pas.

Ce jeudi matin, Monsieur René, notre facteur vient juste de déposer notre courrier. C'est moi qui suis en charge de le réceptionner, et de l'apporter après à Justin. Dans le lot de lettres, il y a une grande enveloppe marron qui dépasse. Je ne prête pas tout de suite attention à celle qui est destinée à mon voisin.

Elle s'est surement glissée par erreur, entre les factures et les commandes de la boucherie d'en face.

Le boucher s'est mis à nous demander de lui livrer des camemberts, pour les placer sur son présentoir, car il voulait « innover ». Je me souviens parfaitement que cela n'avait pas plu du tout à père. Il répétait que pour vivre en bonne santé, on ne devait jamais mélanger le lait et la viande, ni dans son estomac, ni au même endroit ! Cette idée le répugnait. Il insistait sur le fait que chacun devait respecter le métier de l'autre :

« Tu t'imagines si demain, je me lève et je me mets à découper des vaches ? Où irait le monde, fiston ! »

Même si je n'aurai jamais le courage de lui dire en face, je ne pouvais m'empêcher de penser, que je n'étais pas du tout d'accord avec sa théorie. J'étais certain que tant que l'on a des intentions pures et nobles, et non pour nuire à l'autre, toutes les « idées » sont possibles.

Lorsque j'ouvre la lettre, je comprends très vite qu'elle n'est pas destinée à l'un d'entre nous. Malgré cela, je ne peux pas m'empêcher de continuer ma lecture jusqu'au bout.

Apparemment, un café à Paris va subir de gros travaux. La direction a besoin de main d'œuvre pendant trois mois. À la fin de cette période, ceux qui travaillent le plus dur, seront engagés. Quatre postes sont à pourvoir pour les plus performants et professionnels d'entre eux tous. L'issue est de décrocher le poste de garçon de café !

Je me suis tout de suite imaginé habillé en noir et blanc, portant un plateau, déambulant dans un café, en m'adressant à des clients riches et beaux, débordant de bijoux qui m'interpelleraient constamment !

Mon délire va même jusqu'à me voir déambuler dans les rues de Paris, roulant vers plein d'aventures.

Je dois interrompre mon fantasme, car mon cher voisin m'interpelle justement au moment même où je lis le courrier qui lui est adressé.

Autant vous dire que je ne peux pas le souffrir, car avec l'argent de son papounet, il ne se sent plus voler. Je n'ai jamais rencontré quelqu'un d'aussi arrogant et sûr de lui. Il représente tout ce que je déteste le plus au monde, et voilà qu'il vient encore près de moi dans le simple but de fanfaronner. Je ne peux l'ignorer, car nos pères font parfois affaires ensemble :

— Eh Maillard ? T'as pas un fromage qui pue, pour moi, aujourd'hui ?

Et c'est reparti, des mois que ça dure. Ces échanges agressifs et bêtes me fatiguent à la longue, surtout que je m'apprêtais à lui rendre sa précieuse lettre.

J'en déduis que son père a remarqué à quel point son fils est un crétin, et que son souhait est de le faire travailler un peu dans le vrai monde, pour qu'il se rende bien compte que l'argent ne tombait pas du ciel ! Je décide d'ignorer sa remarque, et de lui rendre son papier, quand soudain il m'annonce quelque chose qui va littéralement m'estomaquer :

— T'es au courant pour Anne-Sophie et moi ?
— De quoi parles-tu ?
— Ton père ne t'a pas dit que depuis hier, je suis officiellement fiancé avec celle qui t'a jeté comme un coquebin de bas étage ?

Je ne peux tout simplement pas y croire :

— Fiancé ? À Anne-Sophie ? Toi ? Tu délires, c'est pas possible ! Anne-So est trop intelligente pour se mettre avec un gars comme toi !

— Pas du tout, t'as qu'à lui demander la prochaine fois que tu la croiseras, et que tu baveras sur elle, une fois de plus ! Elle se fera un plaisir de te dire à quel point je suis meilleur que toi...surtout au lit ! Hé ! T'as quoi dans ta main, tête de nœud ?

Ma rage est tellement féroce, que pour la première fois de ma vie, je suis sur le point de consciemment faire quelque chose...de mal. J'ai tellement mal qu'Anne-So ait pu se mettre avec ce malotru, qu'il ne me faut pas plus d'un quart de seconde pour prendre ma décision. Je me mets à penser très fort :

C'est moi qui irai à Paris, à la place de ce vaurien ! Je ne sais pas si je réussirai à trouver l'argent pour me payer le billet, mais je vais tout mettre en œuvre pour quitter ce maudit endroit !

C'est ainsi que sans le savoir, le destin de Margot et celui de Mathieu vont être scellés dans un concours de circonstances totalement improbable...

N'oublie pas que tu t'appelles Ruth

Chapitre 2

Margot

Je suis en compagnie de ma mère, et nous sommes en plein essayage de ma future robe de…mariée.

Mon plan a fonctionné comme sur les roues de ma bicyclette. Il y a quelques semaines, mon sort s'est joué lors de ce fameux diner.

Lorsque nous avons reçu Monsieur et Madame Jaluzot, et leur fils, qui se fait appeler dans le tout Paris : Duc Jaluz', les choses se sont passées mieux que je ne l'espérais !

Bien que je ne puisse m'empêcher de penser que l'appellation de mon futur époux soit complètement pompeuse, je commence dès maintenant à m'habituer à mon futur nom de famille, chaque fois que j'ai un crayon sous la main, je signe : Margot Jaluzot ! Remarquez, il aurait pu s'appeler Comte de Monte-Crist', cela m'aurait fait de belles jambes, même si elles sont déjà jolies. Non, moi ce qui m'importe, c'est sa position sociale, et ce que sa famille représente !

La grande surprise de la soirée, c'est que : même si

j'étais prête à épouser un homme au physique ingrat, il s'est trouvé qu'Olivier est doté d'un physique pas désagréable du tout !

Duc Oliv', comme je l'appelle en privé, est beaucoup plus grand que moi, il mesure dans les un mère quatre-vingt dix. Ce qui représente un sacré avantage pour nos futures photos officielles. Comme Camille le fait avec Philippe, son mari, je ne serai pas obligée de poser constamment assise sur une chaise ou un canapé, afin de ne pas lui faire de l'ombre, et de préserver sa pseudo-virilité. Quelle ineptie ! Comme si la virilité d'un homme dépendait de sa taille ! N'importe quoi !

Je continue ma description : mon Duc a les cheveux bruns, et possède de jolis yeux noisette, avec de longs cils épais. Mon nouveau fiancé se laisse pousser une sorte de moustache, que son barbier taille quotidiennement. Je ne sais pas ce que cela va donner quand je vais devoir me forcer à embrasser cette bouche, mais au moins, c'est plaisant de savoir qu'un homme prend soin de lui. J'espère seulement que cela ne va pas trop me piquer. Ce qui est agréable, c'est qu'il s'asperge d'eau de Cologne avant nos rendez-vous.

En revanche, ce qui me dérange le plus, c'est son style vestimentaire. De loin, on pourrait le confondre avec un dandy anglais. J'aurais préféré qu'il adopte la classe à la française, avec un costume trois pièces bien coupé, des doublures en soie sauvage, ainsi que des chaussures à lacets, et non à boucle, comme il en porte !

Je me rassure en me disant que plus tard, subtilement, avec de la persuasion, je pourrai le faire changer petit à petit, et le faire adhérer à mon goût très sûr en matière de tendances du moment. C'est bien connu : l'argent achète tout, sauf l'amour et…le style !

Lors du dîner, nous avons été placés l'un près de l'autre. C'est Madame Weil, notre cuisinière, qui a fait le placement de table. Je la connais depuis ma plus tendre enfance, même s'il est arrivé par le passé, que je ne sois pas tendre avec elle. C'est un peu comme ma deuxième maman, tant elle me connait par cœur. Je lui ai confié des semaines à l'avance, à quel point cette soirée devait être parfaite. Et comme toujours, elle a été plus que parfaite. Elle ne m'a jamais déçue, et cela dans n'importe quel domaine !

On peut dire que je n'ai jamais été aussi délicieuse, aussi bien par ma toilette, que par ma conversation. Je m'étais solidement renseignée pour savoir quels étaient les sujets favoris du Duc.

Toute la soirée, je me suis montrée sous mon meilleur jour : divertissante et tactile. Je riais à gorge déployée des remarques qu'il faisait tout au long du souper.

Juste avant de prendre congé, il m'a même murmuré qu'il me trouvait belle, et intelligente. Il a rajouté que de nos jours, il est rare de trouver en une seule et même personne, ces deux qualités réunies.

C'est pour cela que je n'ai pas été tellement surprise, quand il s'est empressé de demander à mes parents s'il pouvait me revoir en tout bien tout honneur.

Mon père a fait semblant de réfléchir, avant d'acquiescer en hochant la tête, alors que je sais très bien que lui aussi était conquis. Ma mère a failli défaillir de bonheur. Nous nous sommes tous les trois contenus jusqu'à ce que le Duc et ses parents prennent congé, pour qu'à peine la porte fermée, nous laissions libre cours à notre joie collective !

Ce futur mariage est le magot (sans mauvais jeu de mots !) assuré, puisque la famille Jaluzot est l'une des plus grosses fortunes de France. Papa aussi y trouve son avantage, puisqu'il est question d'une fusion entre son cabinet, et celui qui représente l'entreprise.

Cette nuit-là, une fois dans ma chambre, lorsque je m'allonge dans mon lit de jeune fille, je repense à la soirée que je viens de vivre, et je fais le bilan, en me disant que tout s'est déroulé...à la perfection ! L'unique point sombre est que les hommes n'ont cessé de converser sur le climat actuel dans lequel l'Europe se trouve. Je les revois très bien fumer leur pipe dans le petit salon, en blablatant politique. Ces bonhommes de la haute ont conclu d'un ton assez catégorique, qu'une nouvelle grande guerre se prépare sous peu. Pire ! D'après eux, si des accords entre plusieurs pays ne se concluent pas rapidement, celle-ci sera inévitable...

À plusieurs reprises, j'ai voulu me mêler, en proclamant haut et fort qu'en 1938, personne n'a envie de participer à une nouvelle guerre, alors que plusieurs pays viennent à peine de se remettre de la dernière en date. Le souvenir des pertes humaines et matérielles est encore bien trop présent dans la tête de millions de familles pour penser à remettre ça une seconde fois !

Cependant, je me suis bien gardée de partager à haute voix le fond de ma pensée, car j'ai conscience que le Duc Oliv' observe et analyse tous mes faits et gestes, exactement comme moi je l'ai jaugé tout au long du dîner.

Ce qui met du piquant à ce mariage arrangé, c'est d'avoir un rival qui a l'air loin d'être bête ! Avant de m'endormir d'un sommeil de plomb, je conclus que pour notre deuxième rendez-vous, il faut que je sois encore plus exquise que lors du premier, afin qu'il soit conquis, et cela, pour le reste de sa vie à mes côtés !

Et j'ai raison…

Trois jours plus tard, il est venu me chercher en auto, pour m'emmener dans une petite brasserie chic nommée : « La grande Maxéville ». Le lieu se trouve au boulevard Montmartre, dans le neuvième arrondissement de Paris. Quartier que je ne fréquente que très rarement, car pas loin, il y a les « Folies Bergère », ainsi que le « Moulin Rouge », endroits loin d'être fréquentables pour les jeunes filles de bonne famille. Le repas et le vin sont divins, si je fais abstraction de sa lubie pour les pièces anciennes et les timbres, dont il fait la collection, qui me terrasse d'ennui !

J'aurais pu mettre l'hôtel particulier de ma grand-mère à brûler, qu'il m'a plusieurs fois subtilement testée, pour savoir si je suis plus intéressée par lui ou par son impressionnant patrimoine.

Il m'a bombardée de questions, pour vérifier si j'ai été attentive ou pas à la narration de sa petite enfance, et de ses passions ! Heureusement que je me suis concentrée comme jamais sur les détails qu'il s'est efforcé de me donner avec précision ! Je me suis bien gardée de parler de moi ou de mes aspirations, car je craignais de me trahir, et de trop me dévoiler sur mes projets.

Plus tard, ma retenue sera récompensée…

Tout s'est passé de façon fluide et sans anicroche, sauf quand il a abordé la question de fonder une famille. À l'évocation de ce sujet, j'ai vu ses pupilles se dilater d'excitation. Il me parlait d'avoir un fils. De la fierté et du bonheur que son père et lui-même allaient ressentir si après notre « hypothétique » union, je tombais enceinte…rapidement !

J'ai prétendu que c'était l'un de mes plus grands souhaits, et que si D. nous donnait cette chance, nous serions bénis du Ciel ! Force est de constater que dans les yeux de ce trentenaire, j'avais touché une corde sensible !

Attention, ne vous méprenez pas, non pas que je n'aime pas les enfants ! Au contraire, je les adore, avec leurs bouilles toutes roses ! En revanche, je les préfère nettement quand c'est une nounou qui est payée à plein temps pour s'en occuper ! Personnellement, j'ai une collection de prêt-à-porter qui attend gentiment d'être confectionnée, et c'est cela, mon propre bébé !

À notre quatrième restaurant-théâtre, j'ai su que j'étais en route pour nos noces, et que nous n'allions pas tarder à publier les bans. Il se trouve que la poche du pantalon de notre Duc, était déformée par une boite carrée, et cela m'avait rappelé le jeu auquel nous jouions avec mes amies au « Café du Troca ». Chaque fois que l'on voyait un couple à une table, je devais deviner si le jeune homme allait ou non faire sa demande.

À tous les coups, je gagnais, sous les applaudissements de mes camarades. J'allais finir par croire que j'avais le don de détecter les diamants, quelles que soient les couches de tissu !

Alors quand ça a été mon tour, sur les coups de vingt-et-une heures, et que le Duc a mis son genou à terre, en plein parc des Batignolles, en tenant un coffret signé Cartier, contenant une bague en diamant de trente-deux carats, j'ai failli presque en être… émue ! Avant que je ne donne ma réponse, il a pris la peine de m'informer que mon père avait déjà donné son accord au préalable. Je n'avais plus qu'à dire oui, pour le rendre l'homme le plus heureux du monde. Il ne m'en a pas fallu plus, pour que ma tête se dandine à l'affirmatif, et que je tende ma main, pour qu'il fasse glisser lentement sur mon doigt ce solitaire qui brillait de mille feux !

Cette nuit-là, avant de m'endormir, ma conscience me demandait si un mariage dénué de tous sentiments, n'était pas un peu malhonnête. Je l'avais fait taire en lui affirmant que je faisais le bon choix. Je ne pouvais me permettre de m'encombrer la tête avec des inepties telles que l'amour. J'avais un destin à accomplir, et il n'y avait aucune place pour le reste. Cela faisait vingt ans que j'attendais de prouver à mon père qu'avoir une fille était une aussi grande bénédiction que d'avoir un garçon.

Duc Oliv' m'avait lui-même assuré que l'amour entre nous deux, viendrait plus tard, une fois que nous serions unis. D'où ma présence aujourd'hui devant ces trois miroirs sur cette estrade, au tout dernier étage du grand magasin de mes futurs beaux-parents.

Ce que j'ai particulièrement apprécié, c'est que ma belle-mère, contrairement aux hommes de sa famille, a un goût très raffiné. Une fois mariée, je n'hésiterai pas à lui demander son avis sur mes croquis. N'étant pas disponible tout l'après-midi, elle m'a confié avec soin et recommandations à sa première couturière, du nom de Eva. Non…attendez ! Je crois que c'est Ella…en réalité, je n'ai plus la moindre idée du prénom de cette petite brune aux hanches développées, qu'elle avait essayé de camoufler sous une robe infâme !

Trêve de bavardages, voyons voir de quoi j'ai l'air, dans cette robe en satin duchesse, qui me semble beaucoup trop couverte.

D'un autre côté, Il va bien falloir que je me décide ! Ce modèle doit être le vingtième que j'essaie. Toutes les robes me vont à la perfection, comme s'efforce de me répéter « hanches développées », chaque fois que je sors de la cabine. À la différence des autres robes, celle-ci a fait déplacer toutes les autres vendeuses, qui s'esclaffent que ce modèle très serré à la taille a été cousu pour moi. Ce qui me dérange, c'est sa jupe bouffante, qui me donne l'air d'être la cousine d'une montgolfière prête à s'envoler dans le ciel… La dentelle, les boutons, et le bustier, sont plus que fantastiques, même si je souhaiterais que le haut soit bien plus dégagé.

Heureusement que ma mère m'a accompagnée pour m'aider à choisir, même si je lui ai demandé de sortir de la pièce parce que sa toux devenait trop gênante.

Cette quinte de toux très pénible, s'est déclenchée pile au moment où ma belle-mère est passée pour voir où nous en étions. J'ai prié maman de quitter les lieux, le temps qu'elle se calme, car je ne voulais pas que Madame Jaluzot pense que ma maman était malade, ou quelque chose dans ce genre-là.

Après plusieurs hésitations, « hanches développées » m'a convaincue qu'avec quelques retouches, la « Rosie » (le nom de ma robe) allait être absolument parfaite ! Cette création est un modèle unique en son genre, puisque la créatrice n'est autre que Coco Chanel en personne. Il m'est impossible de ne pas exprimer à voix haute que je trouve le prénom Coco ridicule, pour se faire un nom ! Il se dit qu'elle se fait aussi appeler : « Mademoiselle », à cause de son statut de vieille fille ! On ne peut nier que cette robe soit de la pure folie, aussi bien par sa matière, que par ses plumes d'oies sauvages, mais Seigneur, qu'elle se fasse appeler autrement !

En me regardant une nouvelle fois, je suis persuadée qu'avec ce petit bijou, je vais sacrément faire sensation quand je vais remonter l'allée de l'église. Quel dommage que nous n'ayons pas de photographe à portée de main ! J'aurais volontiers pris des clichés de ma séance d'essayage, et les aurais envoyés à cet instant à mes amies du groupe de lecture du jeudi, rien que pour qu'elles soient jalouses de moi.

Enfin, on peut rêver ! Jamais une photographie ne pourra être envoyée instantanément à plusieurs personnes à la fois !

Une fois pleine d'épingles, je me rappelle que maman n'est toujours pas revenue. Cela commence à m'inquiéter légèrement, car il était question de quelques minutes. Je prends congé du personnel, et note l'heure et la date de mon prochain essayage, pour me mettre à la recherche de maman.

La connaissant, je me dis qu'elle a été happée par les rayons, et qu'elle n'a pas vu l'heure tourner. Cependant, au bout de trois quarts d'heure, où j'ai eu le temps de faire trois fois le tour du grand magasin, je commence sérieusement à me faire du souci. Pour me rassurer, je vais même jusqu'à pester contre elle, à voix haute :

— Si jamais je la croise dans un quelconque salon, je jure devant le ciel qu'elle va m'entendre !

Avant de repartir de nouveau sur sa piste, j'ai D. merci dû faire un arrêt à la salle de bain. En poussant la grosse porte des toilettes pour dames, je reconnais tout de suite le mocassin de ma mère. Le problème, c'est qu'il dépasse de la cabine ! Mon cœur ne fait qu'un bon vers elle, tandis que je me précipite sous la cabine pour la découvrir totalement inconsciente.

Je sens mon pouls battre à vive allure. Tous mes

membres tremblent de peur. J'ai beau la secouer, je n'arrive pas à la réanimer. Au comble de l'effroi, je découvre près de son corps inanimé, un mouchoir…tout ensanglanté.

De toutes mes forces, je la soulève pour la faire sortir de la cabine. Je la pose délicatement contre un fauteuil rouge en velours, et je me rue vers le couloir.

Bien qu'étant hors d'haleine à force d'avoir couru, pour ne pas attirer l'attention, je demande très calmement aux vendeuses de tout à l'heure, si je peux passer un coup de fil pour que l'on vienne me chercher. Avec un grand sourire, et une voix mécanique, elles minaudent et disent :

— Bien sûr, tous les désirs de future Madame Jaluzot sont des ordres ! En me tendant le téléphone.

J'ai demandé un coin plus isolé, à l'abri des oreilles indiscrètes, pour prévenir papa. Pendant que je compose le numéro, je prie de toutes mes forces pour que personne ne découvre maman, et ne fasse le lien avec moi !

D. m'écoute, et fort heureusement, il ne faut pas longtemps à papa pour me rejoindre.

Pendant que nous transportons maman, je lui raconte comment je l'ai retrouvée. Ce qui m'inquiète, c'est qu'il n'a pas l'air surpris. Nous sortons par la porte de service, et allongeons maman sur la banquette arrière de la voiture, dans la plus grande discrétion. Pendant tout le trajet, il me somme de me taire, et me dit que la priorité est de ramener maman…le reste attendra.

Quelques heures plus tard, une fois que le médecin de famille est passé, ma mère reprend enfin connaissance. À son réveil, elle me demande de ne pas m'inquiéter. Elle m'explique que son malaise est dû au surmenage lié aux préparatifs du mariage de l'année :

— Arrêtons de parler de ça ! Et parle-moi de ta robe ! Je te prie de n'omettre aucun détail !

Bizarrement, lorsque je lui décris ma somptueuse robe, l'excitation que j'ai ressentie à peine quelques heures plus tôt, s'est envolée. Ma robe est devenue soudainement insignifiante. Dans le souci de faire plaisir à maman, et dans l'espoir qu'elle retrouve un peu de couleur, je feins pour elle un enthousiasme plus que forcé.

Une fois ma description finie, je décide de quitter la chambre, pour la laisser se reposer. Ce qui m'a le plus surprise en voyant maman dans cet état, c'est de découvrir que sous mes airs de pimbêche qui ne recule jamais devant aucun obstacle pour arriver à ses fins, j'ai finalement peut-être un peu de cœur...et cela, je ne l'avais pas prévu...

Mathieu

Je suis assis dans le train en direction de Paris. Je n'arrive toujours pas à croire que j'y suis arrivé.

J'ai conscience que la façon dont je suis parti n'est pas des plus nobles. Ce matin, j'ai laissé une lettre d'explication sur la table de la cuisine, bien en évidence, pour que papa et Justin comprennent que je dois vivre mes rêves.

Pendant plus de trois semaines, j'ai vendu en secret le peu que je possédais, pour me payer ce billet de train, que je serre fort dans ma main. J'ai dû me séparer du camélia de ma mère. Elle me l'a légué juste avant de mourir, ainsi que la boussole de mon grand-père. Cela m'a déchiré le cœur de devoir m'en séparer, mais c'est le seul moyen que j'ai trouvé pour quitter une fois pour toutes le village. Je me suis promis de revenir les racheter une fois que j'aurai de l'argent.

Une dame assise près de moi essaye d'endormir son bébé. Elle a l'air épuisée. Au bout d'un long moment, elle me demande si je peux lui garder son fils, le temps qu'elle aille composter son ticket auprès du contrôleur. Bien que maladroit dans mes débuts, très vite, je prends plaisir à border dans mes bras ce petit visage d'ange, qui serre le poing comme pour dire au monde qu'il est né pour être un battant. C'est presque à contre cœur que je le rends à sa mère.

C'est un voyage long et pénible à la fois, mais qu'importe, je pense seulement à mon arrivée, et à la première chose que je ferai ! Il faut absolument que j'aille le plus rapidement possible me présenter au directeur, sous l'identité de mon voisin, Lionel Pontic. Je lui expliquerai que c'est moi qui suis venu à sa place, car Lionel a eu une autre proposition plus intéressante. Évidement que tout ceci est faux, mais un petit mensonge n'a jamais tué personne. Je suis en paix avec ma conscience de catholique, même si je vais devoir lutter pour ne pas aller me confesser à la première église parisienne qui sera sur mon chemin.

Le seul problème que je n'ai pas encore résolu, est celui de l'endroit où je vais pouvoir dormir. À part sous les ponts, je ne sais pas du tout où je vais passer mes futures nuits. Je décide de faire confiance à mon instinct, même si quelques nuits à la belle étoile ne font pas peur à un grand gaillard comme moi !

Le fait de me lever avant l'aube pour traire les vaches afin de fabriquer le fromage, m'a donné un corps prêt à affronter toutes les intempéries, et cela, quelle que soit la saison !

Et puis soudain, mes pensées vagabondent encore vers mon passé, vers Anne-Sophie.

Il n'était pas rare que lors de nos ébats que je croyais amoureux, celle que j'avais tant chérie, me répète qu'elle n'avait jamais touché un corps aussi ferme et aussi beau que le mien. Ah là là ! Quel délice d'avoir en mémoire son visage de petite friponne ! Nos moments partagés sont un cadeau qu'Anne-So m'a donné à vie, et personne ne pourra jamais nous l'enlever. Il faut reconnaitre qu'au temps de notre romance, nous en avons passé, elle et moi, du bon temps. C'est avec le souvenir de ses baisers sur ma peau, que je m'endors profondément.

Ce n'est que plus tard, que je suis réveillé par un

homme qui m'indique que le train est arrivé en gare. Je me frotte les yeux encore remplis de sommeil, en pensant très fort : Paris ! Enfin tu es là !

Je dévale les marches, tellement excité, que j'en loupe deux. Tout autour de moi me fascine : l'énorme horloge qui se trouve en face de moi, les brasseries qui longent les quais, les dames habillées et coiffées avec soin, les hommes que je croise avec leur costume élégant. Je me surprends à me promettre qu'un jour, j'en aurai un comme eux, moi aussi…c'est certain !

En continuant de contempler les rues, les pavés, tout ce qui m'entoure, je regarde pour la trentième fois l'adresse indiquée sur le papier, que je connais par cœur à force de l'avoir lu. Je suis censé me présenter le lendemain à sept heures précises. Pour faire bonne impression, je décide de me rendre sur place pour faire un rapide repérage des lieux, afin de ne pas être en retard le lendemain.

Pendant ma promenade, je commence à être un peu perdu, alors je demande mon chemin aux passants. Hélas, personne ne daigne me répondre. Devant leurs airs hautains et revanchards, je suis plus que déçu ! Moi qui croyais que les parisiens étaient des gens chaleureux, je n'y étais pas du tout ! Cela fait contraste avec les gens de Roanne.

Malgré tout, je reste optimiste en misant sur le temps, et en espérant que Paris ne va pas me rendre égoïste à mon tour.

Tant bien que mal, et en faisant confiance à mon légendaire sens de l'orientation, je décide finalement de me débrouiller tout seul, en regardant un plan de la ville affiché près d'une bouche de Métropolitain.

Après plus d'une heure trente de marche, j'arrive enfin

sur la place du Trocadéro, que je trouve tout simplement époustouflante ! Je suis subjugué par la hauteur de la fameuse Tour Eiffel, que j'ai eu la chance de voir uniquement en carte postale. Je ne pensais pas qu'elle était aussi grande. Justin m'a dit que son nom Eiffel vient du nom du gars qui a proposé le projet. Je reste planté là, à la contempler pendant un moment, quand mon regard se tourne vers la devanture d'un café sur la place. Je reste bouche bée, car je comprends que ce sera bientôt mon lieu de travail. Je ne regrette définitivement pas ma fuite !

Brusquement, un gars me fonce droit dessus avec son vélo. Arrive ce qui devait arriver, je m'étale de tout mon long sur les dalles parisiennes, la tête la première. Ma casquette en fait un vol plané. Complètement sonné, je l'entends jurer :

— Merde De D. ! Ça va ? Rien de cassé ? Faites-moi signe de la tête, pour me rassurer que vous êtes vivant, et que je ne vous ai pas tué, sinon, je devrai à mon tour me rouler dessus avec mon vélo !

Quoi ? Comment ? Mais qu'est-ce qu'il raconte celui-là ? Quel intérêt il y aurait à se rouler dessus soi-même ?

Pour calmer ce garçon qui a l'air sincèrement désolé, je me relève péniblement, en tenant ma tête qui me fait horriblement mal.

— Ouf ! Quel soulagement, vous êtes debout ! Je vous présente mes sincères excuses. J'ai été distrait par une jolie fille qui passait, et je ne vous ai pas vu.

C'est seulement en le regardant de plus près, que je remarque sa main, qu'il me tend pour m'aider à me mettre complètement sur pied ! Après un rapide coup d'œil, je conclus que lui et moi devons avoir à peu près le même âge. Rassemblant mes esprits encore éparpillés sur le sol, je lui dis :

– Oui, ça va, merci, mais j'espère au moins qu'elle était vraiment belle !

– Comme toutes les parisiennes, mon cher ! Bonjour, je me présente, je m'appelle Benjamin. Tu ne m'as pas l'air d'être un titi parisien, toi !

– Un titi ?

– Un parigot, quoi ! Tu sembles être un type beaucoup trop sympa pour être né ici.

Malgré la douleur lancinante que me fait subir mon crâne cabossé, je souris :

– Je me nomme Mathieu. Je viens d'un village près de la ville de Roanne.

– Qu'est que tu viens faire dans le coin ? T'es en visite ?

En désignant le « Café du Troca », je lui réponds :

– Je suis censé décrocher un poste de serveur dans cette brasserie.

– Sainte-mère de D. ! Oh mince ! J'ai encore juré, heureusement que papa ou maman ne sont pas dans le coin, sinon j'aurai pris une sacrée correction ! Je n'arrive pas à le croire.

– Qu'est-ce que tu n'arrives pas à croire ? Je t'assure que demain je dois me présenter, pour essayer d'obtenir le poste de garçon de café…enfin, pas moi, mais mon voisin. Bref, c'est une longue histoire !

– J'adore les histoires ! Je n'ai pas invoqué D. parce que je ne te crois pas, mon gars ! C'est seulement parce que moi aussi, je me présente pour le poste ! Je n'arrive tout simplement pas à croire à cette coïncidence du destin !

– C'est à peine croyable, en effet !

Après avoir ramassé son vélo, Benjamin me dit :

— Tu sais ce qu'on dit, dans le Talmud ? Qu'il n'y a jamais de hasard, et que tout est pour le bien.

— Le Talmud ? Qu'est ce que c'est ?

— Je préfère ne pas trop m'étaler sur le sujet. Vu le contexte dans lequel nous vivons, il serait imprudent de ma part de t'en parler en pleine rue. Peut-être une prochaine fois !

— Je comprends.

— Passons, et parlons plutôt de choses plus légères. Après t'avoir pratiquement tué, c'est la moindre des choses que je t'offre à boire, non ? On peut aller à la buvette près de chez moi, si tu veux !

— Mmmm…oui, avec plaisir.

J'essaye de ne pas montrer ma nervosité, au vu du gaspillage économique en boissons qui se profile. C'est sans compter que mon nouvel ami doit avoir des pouvoirs de télépathie, car il a dû sentir ma gêne, en affirmant qu'aller boire un verre chez lui ou chez moi, c'était très bien aussi ! Sa question n'aurait pas pu être pire quand il me demande où je dors.

Ressentant une certaine honte de par ma situation précaire, je préfère masquer la vérité, une fois de plus, et lui dire que je dors chez ma tante.

— Et elle habite où, cette tante ?

— Pas loin…un peu plus haut, vers là-bas.

Je sais qu'il sait que ma réponse n'est que mensonge. Et c'est avec un sourire, que Benjamin part d'un grand rire, et me tape sur l'épaule :

— Tu veux plutôt dire que tu as ramené une tente pour dormir sous les ponts, oui ! Allez, viens chez moi, ma mère sera ravie d'accueillir un beau garçon comme toi, au moins pour cette nuit. Suis-moi, Mat' de Roanne.

N'ayant pas de meilleur choix, je suis Benjamin sans me faire prier

Sur le chemin, je revois complètement mon jugement sur les parisiens, car s'ils sont tous comme celui-là, je ne souffrirai jamais de solitude.

Et c'est ainsi que démarre mon amitié avec celui qui va devenir mon meilleur ami, à la vie et à la mort. Je n'ai pas encore conscience que sa survie va s'avérer beaucoup plus compliquée qu'elle n'en a l'air.

Chapitre 3

Quatre mois plus tard…

Margot

Cela fait maintenant quatre mois que je suis mariée avec le Duc Oliv'. On peut dire que notre mariage a été l'un des évènements les plus mondains de l'année 1938. Ma robe était sublime, comme prévu. Enfin, j'étais sublime ! Les bijoux que j'avais reçus en cadeau de mariage, que je portais ce jour-là, scintillaient de mille feux. Mes chaussures avaient été faites sur mesure.

Le soir de nos noces, lorsqu'il a fallu « consommer le mariage », contrairement à ce que je pensais, je n'ai pas été si nerveuse que ça. C'est vrai que voir un homme complètement nu pour la première fois, m'a quelque peu…déstabilisée, mais passé ce stade, on s'y habitue très vite.

Surtout qu'Olivier n'est pas pudique pour un franc. Je

me souviens très bien que lorsqu'il s'est approché de moi pour m'embrasser, et faire ce qui devait être fait, ça n'a pas été trop horrible. Si bien sûr, je fais abstraction de la première fois. Au préalable, il m'avait dit de ne pas m'en faire, car il allait y aller doucement. Il ne m'était pas venu à l'esprit que doucement pour un homme, n'avait pas la même signification que pour une femme ! Au bout d'un moment, j'ai eu l'impression que nous étions dans une corrida : lui était le taureau, et moi la toile rouge. Vous voyez le genre ?

En plus, j'ai remarqué au fil des mois, que le Duc est du style à d'abord se satisfaire, et ensuite se rappeler qu'il n'est pas tout seul, et que quelqu'un partage sa couche. Hormis ce petit détail de notre vie conjugale, je sens peu à peu que mon mari commence à tomber amoureux de moi, et ça, c'est bon pour mes affaires !

Pour notre lune de miel, nous sommes partis six semaines en voyage à sillonner l'Europe de fond en comble.

J'ai joué à la perfection mon rôle d'épouse modèle, afin de gagner des points auprès de lui. J'avais prévu que dès notre retour, je lui dévoilerais mon projet. Avec un peu de chance, il m'allouerait l'argent nécessaire pour monter ma propre maison de couture.

Pour célébrer notre retour, ce soir, nous organisons un dîner, qui se déroulera dans notre appartement de style Haussmannien. Celui du seizième arrondissement, parce que la famille Jaluzot en possède à peu près partout, sur Paris et ses environs. Cette soirée s'annonce fabuleuse, car elle réunira tous les contacts professionnels de ma belle-famille.

Pour que cet évènement soit aussi spectaculaire que

réussi, nous avons engagé en extra du personnel de qualité : quatre serveurs, deux cuisinières, et un valet pour prendre les manteaux de nos invités. Auprès de mon mari, j'avais vivement recommandé mon ancienne cuisinière, Madame Weil, avec qui j'avais gardé de merveilleux contacts.

J'ai pris la liberté d'inviter mes parents aussi. D'ailleurs, depuis que je suis revenue de notre voyage de noce, je n'ai pas encore eu l'occasion de les revoir. Cette perspective me réjouit car je dois avouer qu'ils m'ont tout de même manqué.

C'est étrange, mais avant d'être mariée, on ne rêve que de quitter la maison, mais une fois partis, on ressent une sorte de nostalgie envers son ancienne maison, ses parents. On ne soupçonne jamais ce vague à l'âme, avant de l'avoir vécu.

Un peu plus tôt dans la journée, j'ai téléphoné à papa pour qu'il me confirme sa présence, ainsi que celle de mère. Le souci, c'est que ni l'un, ni l'autre, n'ont daigné répondre à ce fichu téléphone. Chaque fois que j'appelais, personne ne décrochait, et mes appels restaient sans réponse. Je me dis qu'ils auraient pu avoir au moins la décence de me dire si oui ou non ils seraient présents. Mais non, je reste sans savoir si je dois donner l'ordre ou pas, de rajouter deux couverts de plus !

À quelques heures de la fête, vers seize heures, pendant les derniers essayages de la robe fourreau que j'allais porter ce soir, je prends la décision d'aller rendre visite à mes parents directement chez eux, pour qu'ils sachent ce que je pense de leur comportement, que je qualifie de malpoli. Je vais leur passer un savon qu'ils ne sont pas prêts d'oublier.

Mais avant cela, je m'extasie devant cette pure folie

que j'ai moi-même dessinée. Elle est composée essentiellement de taffetas et de mousseline, cousus main par ma couturière personnelle. Une merveille devant laquelle toutes les femmes de la soirée vont baver de jalousie. Je peux les voir d'ici me réclamer le nom du couturier qui serait…attendez…voyons voir…sous quel nom je vais bien pouvoir me cacher…un nom d'homme, c'est certain, cela fait plus chic, et tout de suite plus crédible…disons… Ronald, Ronan, Roland… Oui, voilà : Roland Mouret me parait parfait. Je vois d'ici mes initiales, un R et un M, entrelacés ! Cela sonne plutôt bien, je trouve, j'ai hâte de le dire à mes amies.

C'est vrai que la bonne nouvelle du moment, c'est que notre salon de thé préféré va bientôt rouvrir ses portes. Il paraîtrait que le « Café du Troca » n'a jamais été aussi beau. Il se dit aussi que le propriétaire a engagé un nouveau pâtissier, qui fait des macarons à tomber par terre. Je suis impatiente de retrouver ce rituel du jeudi. Et c'est de bonne humeur que je sonne à la porte de ce qui était il n'y a pas si longtemps ma propre maison.

Après de longues minutes d'attente, Papa entrouvre la porte, le visage grave. Ce qui ne m'empêche nullement d'exprimer le fond de ma pensée :

— Eh bien le bonjour ! On a décidé de ne plus donner de nouvelles ? On a oublié sa propre fille ?

— D. du ciel, ma petite fille. Qu'est-ce que tu fais là ? Tu n'as pas un dîner à présider, ce soir ?

— Si, mais comme vous n'avez pas daigné me donner signe de vie, j'ai préféré passer.

— Tu n'aurais pas dû…

— Depuis quand je ne peux plus venir vous voir à ma guise ? Il me faut quoi ? Un carton d'invitation ? Un télégramme, peut-être ?

— Écoute, je préfère que tu retournes à tes

occupations…

– Georges, c'est Margot que j'entends ?

Seigneur, c'est la voix caverneuse de ma mère, que j'entends au loin :

– Oui, Florence, ma chérie, ne t'en fais pas, Margot ne reste pas.

– Comment ça, Margot ne reste pas ! Pousse toi, papa, je veux voir maman. Et puis d'abord, pourquoi elle ne vient pas elle-même me parler ?

Et la, c'est le choc…

Me ruant dans la chambre, je la découvre.

Maman n'a plus rien à voir avec la femme que j'ai connue. Six semaines ont suffi pour modifier complètement la femme que j'ai laissée, relativement en bonne santé. Elle est allongée là, sur ce lit, avec son nouveau corps plus maigre que jamais, caché sous une pile de draps, avec seulement son visage squelettique qui dépasse. Ses joues sont creuses, ce qui amplifie son regard bleu acier, qui a été tant de fois complimenté.

Devant ce terrifiant spectacle, je retiens mes larmes de toutes mes forces. NE PAS CRAQUER. NE PAS CRAQUER. NE PAS CRAQUER. Voilà les mots que je répète en boucle dans ma tête bouillonnante de tristesse. Je ne veux pas rajouter mes pleurs à cette situation déjà bien dramatique.

Je savais que maman n'était pas en forme, mais jamais je n'aurais imaginé à ce point-là. Je reste interdite, avec l'incapacité de prononcer le moindre mot. Face à ce lourd silence, c'est elle qui se manifeste la première. Elle me fait signe d'approcher.

— Ma Margot, ma petite fille, viens là que je te regarde.

— Je suis là, maman.

— Comme tu es belle avec ton chapeau de plumes.

— Merci maman. Pourquoi tu ne m'as pas mise au courant ? Je…

— Chut, chut, ne parle plus, et écoute-moi attentivement, ma chérie. Je veux que ce soir, tu fasses comme si j'étais avec toi. Je t'ai élevée pour que tu sois une femme du monde. Ton mariage m'a prouvé que j'ai réussi ma mission sur cette terre. T'imaginer déambulant et plaisantant avec tes invités, ne pourrait pas me rendre plus fière et plus heureuse.

— Qu'est-ce que tu racontes, quelle mission ?

— Ne m'interromps pas ! Retiens bien ce que je m'apprête à te dire, car je ne suis pas sûre d'en avoir le temps. J'ai confiance en toi, et je sais que tu vas réussir ton projet. Tu vas devenir cette femme d'affaires que tu rêves d'incarner depuis l'enfance. Tu en as toutes les capacités, et l'intelligence pour y arriver. Crois-moi, tu vas me les ouvrir, ces magasins « Colette ». Quand je ne serai plus là…

— Maman, arrête…

— Tu prendras bien soin de ton père…pour moi !

— Ne dis pas de bêtises, tu as encore de belles années devant toi. Je te promets que tu vas vite t'en remettre…

Sans que je m'en rende compte, une larme coule le long de ma joue :

— Eh bien ! Je ne te croyais pas aussi naïve et…menteuse !

— Menteuse ?

— Cesse de faire l'enfant, et affronte la réalité : tu vois bien que je vais mourir ! Ce n'est qu'une question de jours, avant que je rende mon dernier souffle, alors laisse-moi finir ce que j'ai à te confier. Je t'ai toujours dit que nous venions d'une grande lignée d'aristocrates français, n'est-ce pas ? Tu dois savoir que notre histoire…n'est pas tout à fait vraie.

Mon père qui était resté dans l'embrasure de la porte rentre brutalement dans la chambre :

— Florence ! Nous étions d'accord de ne jamais en parler !

— Georges, je sais ce que je fais ! Margot doit connaitre ses origines, car le monde est en train de changer. Elle devra fuir, si jamais par malheur quelqu'un se met à fouiner. Mais rassure-toi Ma', tant que tu seras avec les Jaluzot, et leur dose d'antisémitisme, rien ne pourra t'arriver. RIEN, tu m'entends ! Ton père et moi avons fait ce qu'il fallait.

Me faisant sursauter, mon père se met hors de lui, et commence à hurler sur ma mère :

— TAIS-TOI ! OU CE QUE NOUS AVONS FAIT N'AURA SERVI À RIEN !

— Georges, je ne peux pas me résoudre à mourir sans qu'elle le sache, notre secret !

Ma tête commence sérieusement à tourner. Je ne peux pas rester une seconde de plus sans obtenir une meilleure explication.

— QUEL SECRET ? Quel est ce monde auquel tu fais référence ? Tout va très bien dehors, je t'assure. Pourquoi me parler d'antisémite et des Jaluzot, quel est le rapprochement entre les deux ? Je pense que c'est la maladie qui doit te faire délirer.

— En réalité…tu ne t'appelles pas Margot…

— FLORENCE ! ASSEZ ! TAIS-TOI ! TAIS-TOI !

Papa veut se ruer sur elle, mais je le retiens in-extremis pour que maman finisse sa phrase, qui résonne dans toute la pièce :

– mais… Ruth… Blum.

Cela ne peut pas être possible, puisque je m'appelle Margot, Margot de Bussière, depuis le jour où je suis née :

– QU'EST CE QUE TU RACONTES ? CE N'EST PAS VRAI ! C'EST À TON TOUR DE MENTIR, MAINTENANT !

– Tu t'appelles Ruth Blum, et mon prénom n'est pas Florence, mais Tsiporah. Ton père ne s'appelle pas Georges, mais Isaac.

Soudainement, j'entends des sanglots étouffés…les sanglots de mon père. Il a mis ses mains sur son visage, pour cacher ses larmes. Le voir dans cet état ne fait qu'accroitre mon instinct, qui me hurle que maman m'a révélé la vérité.

C'est un déchirement de l'entendre répéter, plusieurs fois de suite :

– Mon D. Florence ! Qu'est-ce que tu as fait ? Qu'est-ce que tu as fait ?

Ignorant ses larmes et sa douleur visible, maman, imperturbable, continue son récit :

– Nous sommes juifs. Des juifs alsaciens. À ta naissance, nous avons voulu te protéger du mieux que nous avons pu du monde qui va bientôt perdre la tête. L'argent achète bien des choses, ma petite fille, même ton appartenance à une quelconque religion. Ton père et moi avions trouvé un faussaire, qui était chargé de nous donner de nouveaux papiers, contre une grosse somme d'argent. En agissant de la sorte, nous avons effacé toute trace de notre judaïcité.

— Mais pourquoi ? Pourquoi avoir fait tout ça ?

— Tout n'est toujours qu'une question de temps, avant que l'histoire ne se répète. Margot ! Prépare-toi au pire ! Mais surtout, n'oublie jamais tes origines ! Retourne à ta soirée, et je ne veux plus que tu reviennes me voir, c'est compris ?

— Maman, je t'en prie. Tu crois vraiment que j'ai envie d'aller à cette soirée, après tout ce que tu viens de me révéler ?

— VA ! ET NE REVIENS PLUS ! Je veux que tu me jures de respecter ma dernière volonté.

— Arrête de me dire des choses comme ça ! Tu comprends que je ne le supporte pas ?

— Jure que tu respecteras ce que je vais t'ordonner de faire !

J'entends mon père grommeler :

— Encore avec cette idée tordue ! Toi alors ! Jusqu'à la fin, ma Florence d'amour, tu m'étonneras.

Ce qui fait au moins sourire maman.

— Moi aussi, Georges, je t'ai toujours aimé, et je t'aimerai jusqu'à la fin. Quant à toi, Margot, je veux qu'à mon enterrement, tu portes la robe numéro douze. Je veux que tu me fasses honneur.

— La robe numéro douze ?

— Oui, celle avec les diamants. Fais confiance à ta mère.

— Mais…

— Georges, assure-toi qu'elle ne me voit pas partir, et qu'elle ne revienne plus jusqu'à la fin.

Mon père me prend par les épaules, et me fait sortir de

la chambre presque de force, en me disant :

— Viens, Margot, il faut que tu rentres chez toi. Je t'appellerai. Va-t'en, maintenant !

N'ayant pas d'autre choix, je reprends le chemin de la maison. Totalement déboussolée par le trop plein d'informations que je viens d'entendre, je suis dans un état de colère et de frustration proche de la rage !

En arrivant en bas de chez moi, je ne suis toujours pas remise de mes émotions. Lorsque je traverse le salon pour arriver jusque dans ma chambre, je bénis le ciel de n'avoir croisé personne, car tout le monde doit être occupé par les préparatifs de ce soir. Ce n'est qu'une fois assise devant ma coiffeuse, pour commencer à me préparer, que je suis de plus en plus furieuse de n'avoir aucun contrôle sur cette situation. Pour affronter cette soirée capitale, je me raisonne en me disant que le plus judicieux à faire, est de suspendre mes sentiments, au moins pour les prochaines heures. Il ne me vient pas à l'idée d'en parler au Duc. Je ne me sens pas assez proche de lui pour qu'il me comprenne. Il faut que je garde la face devant mon mari, et devant tous ces types et leurs bonnes femmes venus de loin exprès pour nous.

Je n'ai pas le luxe de craquer même si je vis dedans.

Margot n'a pas encore compris que le cœur ne réagit pas sur commande. Sa souffrance réprimée est prête à exploser au moment où elle s'y attend le moins…

Mathieu

Ça y est, le « Café du Troca » va bientôt rouvrir ses portes. Je vous laisse deviner qui a obtenu le poste de garçon de café, après avoir travaillé des semaines et des semaines pour que l'établissement fasse peau neuve. Vous l'aurez compris, j'en suis certain. C'est moi qui ai été retenu pour l'un des quatre postes à pourvoir. Pendant ces trois mois écoulés, je me suis rendu compte qu'auparavant, je ne m'étais jamais réellement investi dans un travail. Soulever des planches à longueur de journée, a eu le mérite de muscler encore plus la moindre partie de mon corps. J'étais arrivé à un tel stade qu'on aurait pu me confondre facilement avec un sportif de haut niveau.

L'avantage, c'est qu'avec l'argent que j'avais gagné, j'avais pu louer une minuscule chambre de bonne, dans le même immeuble que la famille de Benjamin. Le fameux jour de notre renversante rencontre, il m'avait ramené chez lui, et c'est là que j'ai eu le bonheur de faire la connaissance de la famille Weil au grand complet.

Comme je l'avais pressenti, très vite, Ben, était devenu mon meilleur ami. Je dirais même que je le considérais comme un frère. Notre lien était beaucoup plus fort que celui que j'avais avec Justin.

Au fil des jours, j'étais devenu aussi proche de sa famille. J'adorais passer du temps avec les Weil, car dans leur foyer, ils ne laissaient jamais de place à la morosité.

Ce qui faisait contraste avec l'ancienne vie que je menais au village, où de l'aube au coucher, tout était gris.

Avec mon ami et les siens dans ma vie, il y avait toujours une bonne raison de rire, tout le temps, et de tout !

Ses parents m'avaient accueilli à bras ouvert. Ses sœurs, bien que plus jeunes que moi, avaient été tout aussi chaleureuses. Son père représente pour moi, une sorte de penseur des temps modernes, qui n'hésite jamais à citer le Talmud, ou la « guematralala » (je n'ai jamais réussi à bien prononcer le nom) lors de nos échanges, qui duraient souvent jusque tard dans la nuit. Avant de monter à Paris, je n'avais jamais eu conscience qu'à part le catholicisme, il existait d'autres religions. Le peu que j'avais entendu du judaïsme me fascinait. Le plus beau dans toute cette histoire, c'est qu'il y avait toujours quelque chose à célébrer chez les Weil, qui nécessitait un véritable festin préparé par Sarah, Madame Weil. Pas plus tard que la semaine dernière, ils m'avaient invité à célébrer le nouvel an juif ! Nous avions mangé midi et soir à s'en faire gonfler la panse telle une grenouille en pleine marre ! Leur générosité à mon égard était sans limite.

À côté de cela, Ben et moi avions conclu un accord assez pittoresque : chaque fois qu'il voulait passer du bon temps avec une fille, je lui filais les clefs de ma chambre, pour lui laisser l'intimité dont il avait besoin. J'avais pour ordre de ne pas revenir avant deux ou trois bonnes heures. J'ai pu constater que ce type était doté d'une santé de fer ! Avec Anne-So, une petite demi-heure suffisait avant que son père ne commence à la chercher. Je me souviens qu'il fallait que je sois rapide pour lui éviter des coups de ceinture.

Pour ma part, je n'avais pas le cœur à courtiser des cœurs. Du moment que je mangeais à ma faim, et que la famille Weil m'acceptait chez eux, je n'attendais rien d'autre de la vie pour le moment.

J'avais pris soin d'envoyer de l'argent tous les mois à papa et Justin. C'était ma façon de racheter ma conduite envers eux. Dans l'enveloppe, j'avais noté mon adresse, au cas où l'envie leur prendrait à l'un ou à l'autre de m'écrire, pour me donner de leurs nouvelles ou me remercier ! Il ne fallait pas rêver ! Ils étaient de telles têtes de mule, que ce n'est pas avec quelques francs qu'ils me pardonneraient aussi facilement ! J'avais appris à vivre avec cette culpabilité de les avoir abandonnés, même si certains soirs, il m'arrivait d'y repenser, et d'avoir un certain chagrin.

Mais aujourd'hui, je n'ai pas envie de penser à tout ça, car ce soir, Ben et moi devons jouer les serveurs chez l'une des familles les plus riches de Paris.

Les hôtes ont engagé quatre serveurs, et deux cuisinières en plus. Il se trouve que Madame Weil a été choisie. C'est elle qui nous a chaudement recommandés auprès de ses employeurs.

Quelques heures plus tard, me voilà dans un costume noir, en train d'enfiler des gants blancs, prêt à servir le vin pour tous les invités, qui arrivent au fur et à mesure. En prenant mon plateau, Sarah m'a demandé de descendre à la cave, pour ne pas être à cours de grands crus. Elle a pris soin de noter les noms et les années que je dois rapporter.

Pendant que je déchiffre les étiquettes, à la recherche d'un « Chateaubriand 1917 », j'entends des sanglots…sauf que ce ne sont pas n'importe quels sanglots… C'est plus un son qu'on essaye d'étouffer du mieux que l'on peut, mais même avec toute la discrétion du monde, on ne peut faire autrement que d'exprimer sa peine. Une chance que ma mère m'ait toujours appris à avoir constamment un mouchoir sur moi, comme un vrai gentleman. Lorsque je m'approche des pleurs, qui proviennent de juste derrière les tonneaux de bières, je découvre une femme accroupie par terre, le visage enfoui dans ses bras. Je n'arrive pas à réagir tout de suite, car je suis trop subjugué par…sa robe !

Je n'ai jamais vu une toilette pareille auparavant. On dirait une princesse des mille et une nuits, qui sort tout droit d'un roman.

À défaut de la voir, je peux contempler ses cheveux d'un blond si brillant, que le spectacle en est magnifique, bien qu'ils soient ramassés en chignon. Je n'imagine même pas ce que cela donnerait, si elle les portait détachés. Plus je me rapproche d'elle, plus mon cœur cogne dans ma poitrine.

Arrivé à sa hauteur, je constate qu'elle pleure tellement, que je n'ose dire quoi que ce soit, de peur de l'effrayer. Ce n'est qu'au bout d'une bonne minute, que cette sublime femme relève la tête, et se rend compte de ma présence :

— Qu'est-ce que vous regardez ?

Décontenancé par le ton dur de sa voix, je balbutie quelques mots :

— Je suis désolé, mais comme j'ai entendu des pleurs, j'ai pensé que…vous auriez peut-être besoin de mon aide ?

— De votre aide ? Je n'ai besoin de rien, à part que vous sortiez de ma vue.

Ces paroles, et le ton qu'elle emploie, me font l'effet

d'un coup de poignard. Je ne peux m'empêcher de penser très fort : « Mon D. quelle sorcière ! ». Moi qui, une seconde auparavant, ressentais de l'empathie pour elle… Je le regrette déjà. Même s'il faut avouer que, malgré les deux traits noirs qui parcourent son visage, elle reste ravissante. Mais ce n'est pas une raison pour que cette odieuse bonne femme me parle de cette manière, et je compte bien le lui faire savoir (femme d'une beauté renversante, ou pas !) :

– Pas la peine d'être aussi grossière. Je voulais simplement voir si tout allait bien, comme je vous ai entendue pleurer, je me suis dit que si vous aviez besoin de parler, je pourrais peut-être me rendre utile. Parfois, ça soulage de parler à un inconnu.

– Vous croyez sincèrement que si j'avais besoin de me confier, je l'aurais fait à un … (elle me regarde de la tête aux pieds, avant de m'achever avec) un minable serveur comme vous, que j'ai engagé ?

Sainte-Marie, que cette femme est abominable ! Son venin a presque failli me faire mal ! Elle ne perd rien pour attendre :

– Je ne suis peut-être qu'un « serveur minable », mais c'est moi qui suis en train de vous proposer mon aide, ici, dans votre cave à vin, où je vous ai trouvée toute seule, recroquevillée comme une chatte de gouttière ! En plus, votre maquillage a coulé. Vous avez deux traits noirs le long de vos joues. Remarquez, vous ne devriez pas les essuyer, comme ça tout le monde saura de quelle couleur est votre âme…

– Comment osez-vous ? Espèce de petit…

– Oui, je sais, de « minable serveur », vous l'avez déjà dit ! Bon, vous avez de la chance que je sois un homme bon, qui ait pitié de vous ! Tenez, prenez mon mouchoir pour enlever vos traces.

À peine l'ai-je sorti de ma poche, qu'elle se relève du sol, pour me l'arracher des mains. Je le lui tends, mais au dernier moment, je le mets en hauteur, hors de sa portée, pour qu'elle ne puisse pas l'atteindre. Ce qui a un des plus beaux effets : celui d'exaspérer au plus haut point cette pimbêche :

– Donnez-moi votre fichu mouchoir. IMMÉDIATEMENT !

Je savais que je risquais ma place de serveur, mais ma priorité pour l'heure, était d'apprendre les bonnes manières à cette garce !

– Cela va de soi ! À condition que vous prononciez les mots magiques !

– Les mots magiques ? Vous méritez que je vous foute une bonne claque !

– Et moi, je pense que vous n'en avez pas reçu assez.

– Espèce d'abruti arrogant, vous allez me le payer !

J'allais lui répondre quelque chose de cinglant, quand nous sommes interrompus par l'arrivée de Benjamin. Il vient vérifier ce que je fabrique depuis tout ce temps.

– Alors vieux, tout le monde t'attend, là-haut.

Mais il s'arrête net à la vue de la peste :

– MARGOT ? Non, ce n'est pas possible, Margot, c'est toi ?

Profitant de ma distraction, elle me prend mon mouchoir des mains, et élimine le noir qu'elle a. Tout en essuyant ses yeux, elle lui répond :

– Benjamin ? Non…alors ça ! Je n'arrive pas à le croire. C'est bien toi ? Je te croyais encore au service militaire ! Ta mère ne m'a pas dit que tu étais revenu.

Je me sens obligé de rajouter cette phrase, bien que je connaisse la réponse :

— Apparemment, vous vous connaissez, tous les deux.

— Si je la connais ? Viens par ici ! Dans mes bras, ma belle. Mon D., laisse-moi te regarder : Mazette ! Tu as toujours été la plus belle et la plus élégante, mais ce soir, tu t'es surpassée ! Oh mais attends…qu'est-ce que je vois ? Tu as pleuré ?

— Non, ce n'est rien, ne t'inquiète pas.

— J'espère que ce n'est pas mon grand dadet de Mathieu qui t'a embêtée !

Et il part d'un grand rire, qui résonne dans toute la cave à vin.

— Je plaisante, cela ne risque pas, c'est le gaillard le plus gentil de la planète !

— Le plus gentil de la planète ? C'est drôle, je disais justement à ton « gaillard », à quel point je le trouvais crétin !

— Je vois que vous avez fait connaissance. Mathieu, je te présente Margot. Margot, je te présente Mathieu. Ma mère a été la cuisinière de sa famille pendant douze ans. Quand nous étions petits, nous jouions tout le temps ensemble.

— Bon, Ben, j'ai été ravi de te revoir. Toi, le sot au mouchoir, tu peux te le garder, et j'espère ne plus jamais recroiser ta route. Je remonte immédiatement, car mon mari va se demander où je suis passée.

Elle remonte les escaliers, puis elle se retourne pour dire à Benjamin :

— Tu m'as trop manqué.

— Toi aussi, Margot !

Et une fois qu'elle est hors de notre champs de vision, la soirée peut reprendre son paisible cours. En portant les bouteilles, et en les posant dans la cuisine, je ne peux pas m'enlever de la tête l'échange que je viens d'avoir avec l'insupportable Margot. Cela me conforte dans l'idée que si un jour, je dois emmener une femme à l'autel, j'en choisirai une du même niveau social que moi ! Les filles comme elles, se croient supérieures, meilleures que les autres, alors que c'est tout le contraire ! Elles sont souvent stupides et creuses !

Cependant, tout au fond de moi, je sais que les pleurs que j'ai entendus, tout à l'heure, étaient sincères. Je le sais, car j'ai eu la sensation, une demi-seconde, que c'était l'âme de cette mégère qui demandait de l'aide, en appelant la mienne.

Enfin, je dois probablement avoir une imagination trop débordante, parce je pense n'importe quoi. Je ferais mieux de me remettre au travail !

Mathieu ne savait pas qu'il venait de rencontrer son véritable amour, celui que l'on ne croise qu'une seule et unique fois dans toute une existence.

Chapitre 4

Margot

La fête bat son plein, le champagne et le vin coulent à flot. Les violonistes passent entre les invités, pour accompagner les rires et les discussions animées de cette première soirée organisée par moi, Margot Jaluzot. C'est une pure réussite. Même Camille, qui est du genre difficile à satisfaire, me l'a confié. Tout semble parfait, sauf que mon sourire et mon écoute ne sont que façade. Je suis loin, très loin, de ces petits fours au saumon, du foie gras, et de ces verrines aux fruits rouges… Je suis avec ma mère, près d'elle, à lui tenir la main avant que ce ne soit la fin.

C'est là que je comprends que l'on peut se trouver au milieu d'une foule, et se sentir seule comme jamais. Je suis interrompue par mon mari, qui profite un peu trop de la fête, à en juger par son haleine chargée d'alcool. Au moins, je lui épargne mes tracas. D'ailleurs, je n'ai aucune envie de partager mes sentiments avec quelqu'un, et encore moins avec lui. Je ne l'ai pas épousé pour qu'il soit mon ami. Je veux juste qu'il soit frais et dispos pour notre rendez-vous de demain. Il est prévu qu'il m'accompagne pour signer le bail de mon atelier, à la rue Saint-Honoré. Justement, le voilà qui vient droit vers moi pour m'informer discrètement qu'on lui a signalé qu'il manque un serveur à l'appel, et qu'en cuisine, c'est l'anarchie :

– Et ? Que veux-tu que ça me fasse ? Tu vois bien que je m'occupe autant de nos invités que toi !

Très lentement, me prenant par le bras, le serrant plus fort que nécessaire, il se penche, non pas pour me susurrer des mots d'amour, comme il aime le faire quand nous sommes au lit, mais plutôt pour me mettre en garde, que si le problème n'est pas réglé dans les minutes qui suivent, il me tiendra pour entière responsable :

– Eh bien ! Quelle autorité ! Pas la peine d'être aussi brutal, Môssieur ! Tu me lâches, maintenant ?

Se rendant compte de son geste, il relâche la pression autour de mon avant-bras. Et comme pour détendre l'atmosphère, de sa voix la plus basse, il me dit :

– Si tu veux, plus tard, je pourrai te prouver que je peux être encore plus autoritaire, quand on ne m'obéit pas.

Bien que j'aie conscience que cette phrase soit destinée à me faire sourire, je peux déceler dans son regard le sérieux de ses mots. Il aurait pu être impressionnant, jusqu'à même me faire peur, si seulement je craignais quelqu'un ou quelque chose, mais je n'ai peur de personne !

Je daigne répondre à sa demande, dans le souci de remplir mon rôle d'épouse docile. Je m'éloigne du grand salon, et pars à la recherche du fameux serveur manquant. Je suis obligée de passer dans l'autre petit salon, qui mène jusqu'aux cuisines, quand soudain, je surprends les échanges de ces bonshommes qui fument leurs pipes et leurs cigares. Je ne peux faire un pas de plus, tellement je suis secouée par la discussion que j'entends :

— Il se trouve, Monsieur Durant, que dans mon immeuble, une famille de youpins réside également. Marge, mon épouse, adore leur appartement. Elle a réussi à se faire inviter deux fois, pour prendre le thé, et elle m'a raconté qu'apparemment, c'est un vrai bijou. Des tableaux de maîtres pleins les murs, de la vaisselle des plus délicates, et surtout, la femme a une de ces garde-robes, à rendre folle de jalousie la mienne.

— Mon comptable est juif, aussi ! Monsieur Frankfurter est un employé modèle. Il est clair que si la guerre éclate, il sera envoyé au front. Ce serait dommage, car j'aurai bien du mal à trouver une personne aussi compétente que lui pour le remplacer.

— Vous n'en aurez aucun mal, cela va sans dire ! Sauf qu'il faudra axer vos recherches sur des personnes de confession moins dérangeante.

— Sûrement, mais il n'y a pas mieux qu'un juif, pour gérer l'argent. Tout ce qu'ils touchent se transforme en or !

(Rire gras)

— Monsieur Laurence, je ne pense pas que vous ayez du souci à vous faire, pour votre employé modèle. Seule l'Allemagne sera concernée par cette guerre. Je peux vous garantir que nous ne nous en mêlerons pas !

— Je crains que si, mon cher ami. Si l'homme à la moustache veut envahir le pays, je crois bien que nous devrons faire quelque chose.

— Je refuse de me battre encore ! Mon père a fait la première guerre. À part vivre dans les tranchées, entre la puanteur et le choléra, pendant trois longues années, et revenir avec une jambe de bois, cela ne lui a rien apporté. Le mieux serait de penser à une éventuelle collaboration, faute de trouver un meilleur terme !

— Complètement ! C'est exactement ce que je pense, pour avoir la paix !

— Si c'est les juifs qu'ils viennent chercher, je leur donnerai les miens sans hésiter. Mieux ! J'irai leur dire où ils se trouvent, comme ça, nous serons plus vite débarrassés des allemands.

Je n'ose pas croire ce que j'entends, non pas que tout à coup, je me sente l'âme d'une juive ! Bizarrement, je ne me sens pas concernée par cette partie-là, même en prenant en compte l'information de maman. Non, loin de là, je tremble de tout mon corps face à cette lâcheté qui envahit ma maison. Aucun type ne veut se battre pour défendre sa nation !

J'enrage dans mon coin, car j'ai bien pris soin de me cacher derrière un mur, pour que personne ne soupçonne ma présence. Mais pour l'heure, je dois laisser ma colère de côté, pour faire ce que le Duc m'a demandé. Cependant, mon regard s'attarde sur le petit serveur de tout à l'heure. Enfin petit, ce n'est pas le mot exact, puisque qu'il me dépasse de deux bonnes têtes !

Je réalise que lui aussi a été témoin de ce vomi verbal, puisqu'il est là, avec son plateau, derrière le mur, à espionner, raide comme un piquet. Je suis à peine étonnée de le trouver dans cette posture, puisqu'il m'a l'air d'être un beau fouineur, à ne pas savoir rester à sa place !

Sans faire attention, je le fixe pendant une bonne minute, et le voilà qui me regarde à son tour. Il pointe son doigt ganté sur sa bouche, et me fait signe de me taire. Mais pour qui se prend-il, à la fin ?

Je décide d'arrêter de perdre mon temps à l'observer, en coupant le contact visuel. Je dois retrouver ce serveurdéserteur au plus vite ! Je me résous à faire signe à l'indiscret de me rejoindre dans la cuisine, et c'est sans bruit que nous nous y retrouvons :

— Mais qu'est-ce qui vous prend, d'écouter aux portes ?

— Je faisais pareil que vous, madame !

— Je suis chez moi, et je fais ce que je veux ! Surveillez votre langage, quand vous vous adressez à moi, sinon je serai obligée de vous rappeler que c'est moi qui vous paie !

— Et je vous en remercie, Madame !

— Trêve de bavardages inutiles. Pouvez-vous aller vérifier où diable est allé l'un de vos collègues ?

Ce bourriquet se met à sourire, et m'entraine derrière un renfoncement d'un des murs de la cuisine, pour que personne ne nous entende. Ce contact physique me trouble, mais pas de la même façon que ce que j'ai pu ressentir tout à l'heure avec mon mari. Cela n'a rien à voir...

C'est en chuchotant qu'il me confie :

— Si je vous dis qui s'est absenté, promettez-moi qu'il n'aura pas de problèmes.

— BIEN SÛR QU'IL AURA DES PROBLÈMES !

— Chut ! Pas si fort... Vous ne voudriez pas que tous vos invités et vos employés soient mis au courant de cette affaire !

— Quelle affaire ?

— Bon, je vais vous le dire, parce que tout porte à croire que vous n'allez rien dire à monsieur, votre mari.

Je me demande vraiment d'où sort ce bougre d'âne de Mathieu. S'il croit que je vais être indulgente, il peut se mettre le doigt dans l'œil :

– Vous croyez ça ? Vous ne devriez pas, jeune sot !
Qui est-ce ?

– Si encore une fois, vous m'appelez jeune sot, je…

– Qui manque à l'appel ?

– Benjamin.

– C'est Benjamin ? Il a des soucis ?

– On ne pourrait pas appeler cela des « soucis » à
proprement parler, même si avec cette histoire, il va finir
par en avoir !

– Qu'est-ce que vous racontez ?

– D'accord, je me lance, même s'il va me tuer quand il
va savoir que j'ai divulgué son secret : voilà, depuis peu, il
s'est amouraché d'une femme mariée. Comme elle fait
partie des invités de ce soir, ils sont quelque part dans
votre maison, à faire des coquineries.

Alors, ça…

– Je n'arrive pas à le croire ! Une femme mariée,
maintenant. Eh bien ! Il n'a pas changé, celui-là, même
s'il va un peu fort ! Une femme mariée, tout de même !
N'a-t-il donc pas de limites ? Mais attendez…je la
connais forcément puisque c'est moi qui ai fait la liste des
invités ici présents.

– Ah désolée princesse, mais je ne peux rien dire de
plus !

– Princesse ? Je vais vraiment finir par vous la donner,
cette claque. Bon, nous verrons cela plus tard. Vous allez
à sa recherche, et moi, je vais prévenir le Duc que tout est
rentré dans l'ordre, afin de faire passer tout le monde à
table.

– C'est comme si c'était fait, mais avant…

Le serveur me fait pivoter face à lui, et pose très
délicatement ses deux grandes mains puissantes sur mes
épaules. Il me regarde droit dans les yeux, et demande

avec une grande douceur :

— Margot, est-ce que vous allez mieux ? J'espère que les pleurs que j'ai entendus tout à l'heure ne sont dus qu'à une simple contrariété passagère. Je voulais que vous sachiez que si vous avez besoin de vous confier…je suis là.

J'ai pour principe de ne jamais me confier, et à personne. Se confier est un aveu de faiblesse ! C'est comme si vous donniez une arme à l'ennemi, en lui donnant la possibilité de vous abattre à tout moment. Mais…avec le son de sa voix, sa manière de plonger ses yeux dans les miens, je pourrais bien me laisser tenter. Rajoutons à cela que depuis dix secondes, j'ai l'impression de recevoir une décharge électrique, en permanence, il est difficile de ne pas craquer. Et ce regard…mon D. quelle infamie ! Je n'avais pas remarqué qu'il avait des cils aussi longs, qui rendent son regard aussi magnétique. Ne suis-je pas en train de me laisser aller ? Ça suffit ! Il faut que je me reprenne :

— Mathieu, c'est ça ?

— Oui.

— Enlevez vos mains de mes épaules !

— Tout de suite. Toutes mes excuses, je ne voulais pas être impoli, madame !

Dès l'instant où il retire ses mains, un grand froid s'abat sur mon cœur…

Je dois avoir de la fièvre, pour divaguer de la sorte !

— Allez chercher Benjamin. Compris ?

— Compris. Margot ?

— Oui ?

— Votre robe est incroyable.

— Je le sais ! Allez, filez !

Quelques minutes plus tard, je retrouve le Duc dans la salle à manger. Je remarque que ses cheveux commencent à être sérieusement en bataille, et que ses phrases ne sont plus tout à fait cohérentes. Ce beau résultat est surement dû au trop plein à d'alcool qu'il a dû ingurgiter en quantité industrielle. J'espère qu'il va savoir se tenir !

Un peu plus tard, dès que certains invités commencent à prendre congé, j'en profite pour ramener d'urgence dans notre chambre, le Duc, qui n'a plus toute sa tête. Je laisse le soin à Benjamin, qui est revenu de sa folle escapade, de diriger tout ce monde vers la sortie. J'interdis aux employés de quitter la maison, tant que celle-ci n'est pas nettoyée comme un sou neuf !

De notre lit, j'entends le Duc qui empeste l'alcool, me dire à voix haute, des choses de plus en plus obscènes. Quand enfin, je parviens à lui ôter sa veste, Olivier a un regain de force, et me fait basculer sur lui :

— Reste là, et ne bouge pas, petite hypocrite !

— Hypocrite ? Mais enfin, Oliv', tu ne sais pas ce que tu dis, c'est l'alcool qui te fait parler. Je préfère te laisser dessoûler, je reviendrai demain. Pour ce soir, j'irai dormir dans la chambre adjacente !

— Tu ne vas nulle part. Tu crois que je ne sais pas, que tu m'utilises pour arriver à tes fins ?

Seigneur ! Il a compris… Il me faut jouer au plus vite les effarées :

— Comment ? Mais enfin, tu dis n'importe quoi !

— Je connais ta méthode bien huilée, pour ne pas tomber enceinte.

C'est donc ça, qui le tracasse…son fichu héritier !

Depuis notre mariage, les jours fertiles, je me débrouille pour que la conclusion de l'acte se passe à l'extérieur de moi. Je croyais avoir été rusée…il faut croire que non.

Je lui montre que je ne suis pas d'humeur à me justifier ou à bavasser en sa compagnie, et décide de me lever. Mais il me repousse violemment contre le lit, cette-fois. Je demande à ce qu'il me laisse partir :

— Hors de question, car vois-tu, ma chère, ce soir, nous allons avoir un enfant. Je te conseille de te tenir tranquille, Madame Jaluzot ! Sache que je ne le fais pas de gaieté de cœur, mais tu ne m'en laisses pas le choix ! Si tu penses que tu es la seule dans ce lit, à avoir des petits secrets, tu te trompes. Remonte ta robe, avant que je ne la déchire. Ce serait dommage avec tout le mal qu'Emma s'est donnée pour la coudre !

Il prononce cette phrase avec une telle haine, qu'il vaut mieux se soumettre. Horrifiée, j'enlève ma tenue, la faisant glisser le long de mon corps. La seconde d'après, il me bloque les jambes et les bras. Je n'ai aucun moyen de m'enfuir. Il retire avec force et rage sa ceinture, pour la faire claquer sur le sol, tout en me fixant, comme pour me prévenir qu'en cas de faux mouvement, ma peau rencontrera son fouet ! Il déboutonne à la hâte son pantalon, fait remonter mon jupon, et rentre de façon on ne peut plus brutale. De loin, on aurait pu penser à un banal rapport conjugal, un peu pimenté. Mais de près, on peut facilement distinguer mes larmes silencieuses, qui trahissent à quel point je hais cet homme, et ce qu'il est en train de me faire subir !

À partir de cette nuit, je me fais le serment qu'il va me payer sa brutalité ! Pour l'heure, il faut que je sois forte, pour ne pas hurler de souffrance, quitte à me mordre la lèvre jusqu'au sang…

Mathieu

Je déambule à travers le salon, muni de mon plateau, afin que les gens se servent des petits fours qui y sont posés. Je peux dire que j'ai fière allure, dans mon costume. Je suis en train de rêvasser, quand je suis interrompu par Benjamin, qui m'informe que dame Camille l'attend au sous-sol. Au même endroit où j'ai entendu Margot pleurer tout à l'heure.

Quelle tête brûlée celui-là ! Parce que voyez-vous, Madame Camille est mariée et…pas qu'un peu ! Elle a deux enfants, et s'ennuie ferme dans son mariage sans amour, selon elle.

Leur rencontre aurait été des plus romantiques si la situation avait été différente :

Un jour, cette jeune mère était dans la rue, avec l'un de ses enfants qui boudait. Benjamin s'était arrêté pour faire le pitre, afin que le petit garçon cesse d'en faire voir de toutes les couleurs à sa maman, qui avait l'air d'être à bout. Ça a été aussitôt le coup de foudre. Au début, il fallait avouer, que je ne l'avais pas pris au sérieux. Depuis que je le connais, j'ai eu le droit à ce genre de déclarations à peu près toutes les semaines, pour une fille différente à chaque fois.

N'empêche que cette fois-ci, c'est réellement différent. C'est au mois de juillet que leur idylle interdite a commencé. Ben m'a confié, en souriant de toutes ses dents, que la dame est une vraie tigresse au lit, et qu'elle en redemande ! Informations intimes dont je me serais

74

volontiers passé, puisque je suis amené à voir dame Camille au travers de plusieurs fruits du hasard, comme ce soir !

Cependant, ma mission est simple : faire en sorte que personne ne se rende compte de l'absence de mon ami, surtout pas Sarah. Si la mère de Ben a vent de cette histoire, un scandale pourrait bel et bien éclater.

À peine, dix minutes après qu'il se soit éclipsé, j'observe les autres serveurs s'éponger le front, parce que le service est plus dense que d'habitude. Je surprends l'un d'eux chuchoter des paroles inaudibles à l'oreille du Duc. Je comprends qu'il vient de commettre une grave erreur. Je marmonne un vague :

– Quel effroyable petit fils de…! Attends que le service soit fini, que je te règle ton compte.

En pensant très fort, il mérite qu'on les lui coupe !

Le mieux, c'est que je me dirige vers le petit salon, pour aller chercher le plus de Scotch possible, pour resservir le Duc en continu, jusqu'à ce qu'il oublie Benjamin pendant un moment.

Quand j'entre dans la pièce où sont posés les verres à whisky, je me trouve face à sept-huit hommes installés confortablement dans des fauteuils club. Le sujet du jour, comme tous les jours depuis un an est : la guerre. Si les choses ne s'arrangent pas, je me suis préparé à l'idée qu'elle soit imminente. Hélas, ce que j'entends ce soir ne me plait pas, et confirme mes pires craintes.

Ces lâches parlent des juifs comme s'ils étaient des moins que rien. J'ai même entendu l'un d'eux utiliser le mot « Youpin ». Je ne sais pas ce que cela veut dire, mais vu le ton, cela n'a pas l'air d'être une gentillesse. Mais ce n'est pas le pire de ce que j'ai surpris :

Aucun, parmi eux, n'a l'envie de se battre pour conserver notre pays libre. J'en ai la nausée ! Je ne laisserai personne entrer chez moi, et faire ce qu'il veut ! Ah ça, plutôt mourir !

D'un coup, je me retourne, car je sens que quelqu'un m'observe. Je suis soulagé quand je découvre que ce n'est que l'odieuse Margot !

Tiens, tiens, regardez qui est planquée derrière un mur, à tendre l'oreille, aussi ! Elle se trouve à peine à quelques mètres de moi. En la regardant, je ne peux m'empêcher de me dire : mon D. qu'elle est belle !

Je lui souris, et lui fais signe de se taire et de me rejoindre dans la cuisine. Peut-être qu'elle veut un baiser…rien que l'idée de m'approcher de cette enragée me fait sourire, tant cela en est absurde. Je crois qu'elle préfèrerait m'arracher les yeux, plutôt que de se laisser approcher. Allons plutôt entendre ce qu'elle a à me dire :

– Qu'est ce qui vous prend, d'écouter aux portes ?

Je réponds à ses questions, et ose l'appeler princesse. Je sais que je dépasse les bornes du respect social, mais dans la robe qu'elle porte, je ne peux pas faire autrement que la dévorer des yeux. Elle me demande où est Ben, et d'instinct, je sais que je peux être honnête avec elle. Elle a l'air d'être une femme intelligente, et mieux vaut ne pas lui mentir, en misant sur leur amitié de longue date.

Je me permets même de lui révéler une partie du secret.

Plus je discute avec elle, et plus je la trouve nerveuse. Et c'est spontanément, en oubliant qui elle est, et qui je suis, faisant sauter tout l'argent et le statut social qui nous séparent, que je la prends par les épaules, pour m'assurer qu'elle va bien.

Ce que je n'ai pas prévu, c'est qu'en la touchant, je perds mes moyens.

Mille et une images d'elle pas du tout catholiques, me viennent à l'esprit :

Je visualise Margot totalement déshabillée. Je suis en train de l'effleurer, la frôler comme un fauve, la caresser très doucement, de faire glisser sa bretelle sur le côté. Je me vois l'embrasser dans le cou, puis descendre jusqu'à son bras. Avide d'elle, je l'embrasserais de partout. Oui, de PARTOUT, mais il faut que je me calme, car je plane complètement, quand elle me demande de retirer mes mains. Je ne veux pas, mais je n'ai pas d'autre choix que de m'exécuter, face à cette vipère autoritaire !

Et elle s'en va…me donnant l'ordre de retrouver Benjamin au plus vite. Je prends une minute pour récupérer de ce qu'il vient de se passer. Je suis soulagé, car entre temps, Ben a repris son poste initial.

Passant près de moi, il me demande discrètement si quelqu'un s'est rendu compte de son absence.

— Tu as bel et bien failli te faire choper ! Et rappelle-moi qu'à la fin du service, je dois aller tabasser ce serveur blond, qui déambule avec son plateau de légumes.

— Dans ce cas, je viens avec toi. J'adore les bagarres. Mais pourquoi tu veux qu'on lui fasse la peau, à ce type ?

— C'est à cause de lui que tu as failli te faire prendre. Heureusement que j'ai tout expliqué à Margot, qui a été très compréhensive.

— Tu n'as pas fait ça, j'espère ?

— Dis-moi plutôt merci de l'avoir fait, sinon c'est à coup de louche que ta mère t'aurait mis dehors !

— C'est pire que tout ! Tout le monde sait qu'il ne faut jamais rien dire à Margot. Elle garde les infos, et s'en sert au bon moment pour son propre avantage ! Crois-moi, jusqu'à la fin de ta vie, tu vas regretter ce que tu viens de lui confier.

– Je ne suis pas d'accord. Je suis sûr que cette garce est de confiance. Et puis, au final, tu ne la connais plus si bien que ça…peut-être qu'elle a changé !

– Nous allons le découvrir bien assez tôt…

Au fond de moi, je regrette d'avoir utilisé le mot « garce » à l'égard de Margot, parce que même si de toute évidence elle l'est, c'est le mot « grâce » qui flotte au-dessus de ma tête. Je n'ai qu'un seul but en tête : la revoir…

Chapitre 5

Margot

Je suis en train de marcher vers le « Café du Troca », pour retrouver Camille. Apparemment, elle a quelque chose d'important à me confier. Il n'y a qu'elle qui réussit à me faire sortir de ma torpeur…

Cela fait plusieurs semaines que je m'enferme dans mon atelier pour travailler. Depuis ce qui s'est passé avec le Duc, que j'ai qualifié « d'incident », je ne suis plus tout à fait la même. Le rapport serein que j'entretenais avec mon corps, n'est aujourd'hui qu'un vaste souvenir. Aujourd'hui, chaque fois que je me déshabille, et que je dois me regarder dans la glace, je ne ressens que honte. Ces simples gestes sont devenus une véritable torture. Oui, j'ai honte de moi !

Ensuite, il y a eu toute une remise en question sur des sujets auxquels je n'aurais jamais pensé auparavant : est-ce qu'un mari a le droit de forcer ou de brutaliser sa femme, dès que l'envie lui prend ? Un époux a t-il le droit de se comporter comme un animal, sous prétexte qu'elle est la sienne ? A t-il le droit de faire totale abstraction de son refus de lui donner ce qu'il veut ?

Je n'ai pas les réponses à toutes mes interrogations… Cependant, depuis ce fameux-soir, j'ai appris à rester sur mes gardes. Les hématomes qui ne sont pas tout à fait partis me rappellent qu'avec Olivier, désormais, je n'ai plus trop mon mot à dire !

Le plus étrange, c'est que le lendemain de ce qu'il s'est passé entre nous, il a eu une conduite exemplaire. Je suis restée muette et insensible, face à tous les efforts qu'il a déployés pour racheter sa conduite ignoble de la veille :

Les colliers, les étoffes somptueuses, et même la signature du bail de mon atelier, rue Saint-Honoré, n'ont fait que laisser un étrange goût amer…

Parfois, je me console en me disant qu'au moins, je ne me suis pas trompée sur un point :

J'ai épousé un homme d'honneur en affaires, à défaut de l'être en privé. Dans la foulée, il a prié plusieurs couturières du « Printemps » de venir me rejoindre quelques heures par jour, une fois que les machines et les tissus seront livrés.

Souvent, je me suis demandé si je devais le quitter une bonne fois pour toute. Mais en pesant le pour et le contre, je me suis vite rendu compte qu'en restant mariée avec lui, j'ai plus à y gagner. Il faut simplement apprendre à vivre les dents serrées, pour arriver à le supporter sur la durée, et ne pas être en constant conflit.

Cependant, je garde dans un coin de ma tête que tôt ou tard, arrivera l'heure de ma vengeance. J'attends avec impatience le jour où le Duc payera pour ce qu'il m'a fait subir…

Aux dires de papa, l'état de maman s'est vraiment dégradé. Le pire de tout, c'est que je n'ai toujours pas le droit de venir la voir. En femme têtue qu'elle est, elle s'y oppose encore farouchement. Elle me manque tellement que souvent, j'en pleure de frustration ! La seule solution que j'ai trouvée pour ne plus penser à cette accumulation de soucis, est de me concentrer autant que je peux sur ma future collection de prêt-à-porter. Mon souhait est que tout soit fin prêt juste avant les fêtes de fin d'année.

Il n'est pas rare que j'arrive à l'atelier tôt le matin, quand il fait encore nuit dehors. Pour ne repartir que tard le soir, sans avoir eu le temps jeter un regard au ciel.

Je reste collée des heures entières à ma table à dessin, travaillant comme une acharnée. Si bien que, depuis peu de temps, je me suis mise à plancher sur une nouvelle idée assez révolutionnaire pour l'époque. Le concept est si simple, que je me demande pourquoi personne n'a eu l'idée avant moi !

Confectionner des chaussures aux talons vertigineux, qui ne seront plus réservées aux filles de joies qui travaillent dans les cabarets ou les bordels. Mon but est de démocratiser le plus possible ce style de talons. Il suffit de les rendre plus élégants, en s'appliquant sur les finitions, pour que le modèle soit des plus délicats aux pieds.

Mes chaussures seront disponibles en cuir véritable, agrémentées de plumes de paon. Miser sur la qualité d'un produit fait toute la différence. Je suis persuadée que toutes les femmes vont se les arracher comme des petits pains au sucre. D'ailleurs, j'ai eu récemment la preuve que je ne me trompe pas. Figurez-vous que j'ai fait faire un prototype de plus de huit centimètres rien que pour moi. J'ai eu l'audace de les porter pour aller faire une course. J'ai été ravie de constater qu'une bonne poignée de femmes qui m'ont croisée ce jour-là, m'ont demandé où elles pourraient se procurer le modèle que je portais aux pieds.

Cela m'a permis de comprendre un principe infaillible de vente : il n'y a pas mieux que le créateur pour porter ses propres créations ! Voilà tout !

En parallèle de ce que j'aime faire le plus au monde, j'ai eu ce matin la confirmation de ce que je craignais depuis quelques semaines…

J'ai dans le ventre un petit cadeau de « l'incident » de ma nuit d'amour. Le docteur vient juste de m'annoncer que je suis bel et bien enceinte de deux mois. J'ai gardé la nouvelle pour moi. Je n'ai pas encore envie de le dire à qui que ce soit.

Ce à quoi je ne m'attendais pas du tout, c'est que malgré les circonstances malheureuses de la « conception » de cet enfant, cette nouvelle vient éclairer le ciel brumeux qu'est devenue ma vie. Pourtant, il y a peu, j'étais persuadée que je ne voulais pas être mère. Cependant, maintenant qu'il est là, à prendre vie en moi, tout est différent. Je me dis aussi que si le pire arrive à maman, papa pourra au moins se réjouir d'avoir un petit-fils ou une petite-fille. Et c'est plongée dans mes pensées, que je pousse la porte du « Café du Troca ».

Je repère tout de suite Camille, qui est assise à notre table habituelle de camarades, sauf qu'aujourd'hui, nous ne sommes que deux. J'ai besoin d'une bonne minute pour la rejoindre, car depuis la réouverture du café, bien que je ne sois venue que deux fois, je suis toujours aussi époustouflée par la beauté des lieux. Les moulures, le mobilier très Louis XVI, les dorures qui ornent les pieds de chaque petit guéridon, rendent le lieu fantasmagorique.

D'ailleurs, je ne suis pas la seule à avoir la même

réaction, vu que l'endroit est bondé de beau monde à toute heure de la journée.

Mon amie qui m'attend, me fait de grands signes pour que j'aille la rejoindre. Je suis sincèrement contente de la revoir, et l'embrasse plus fort qu'à l'accoutumée. Elle-même est surprise par cet élan de câlineries, et ne se fait pas prier pour me le faire remarquer.

Je me dis que ce petit être qui pousse en moi, va me pousser à être une meilleure personne…

– Ouh ouh ! Marg' ! Tu es avec moi, ou tu as encore la tête je ne sais où ?

– Avec toi, que crois-tu ?

Je ne perds pas une seconde, et lui demande, très curieuse, d'aborder le sujet brûlant dont elle voulait me parler en privé. Au fond de moi, je suis rassurée de ne pas avoir perdu mon goût très prononcé pour les ragots. De temps en temps, un peu de légèreté d'esprit apaise bien des maux de l'âme !

– Tu ne veux pas que d'abord, nous commandions quelque chose ? Je meurs de soif.

– D'accord, mais juste un thé, parce que je ne peux pas m'éterniser. Je dois retourner travailler à l'atelier.

– Au diable tes dessins ! Laisse donc le travail de côté, et goûte-moi ces mini-viennoiseries que le nouveau pâtissier vient tout juste de créer. Je tuerais pour que Monsieur Pasqual, cet ancien de chez LADUREE accepte de s'occuper de l'une de mes réunions. Apparemment, Monsieur est trop occupé ! Si tu veux mon avis, plus ils sont sollicités, plus il faut leur graisser la patte ! Il ne faut pas que tu perdes une seule seconde de plus, sans connaitre le goût exquis de leurs verrines. Et les macarons ? En as-tu une fois dans ta vie mangé des meilleurs ?

Camille lève le doigt, et accoste le premier serveur qu'elle voit :

— Garçon ? Garçon ? Par ici !

Quelques instants plus tard, le serveur se matérialise près de nous. Je ne lui jette aucun regard, car je suis bien trop occupée à me demander si j'ai envie ou non, de confier ma grossesse à Camille. Elle passe commande. Puis soudain, le garçon de café se met à lui répondre :

— Alors, on a dit : deux thés Mariages Frère à la lavande, trois macarons à la myrtille, et deux mini viennoiseries. Ce sera tout, Madame Marivaux ?

Ciel, mais je connais cette voix ! Je la connais même très bien, puisqu'il lui arrive souvent de venir me hanter, elle et son propriétaire, le soir, quand j'ai du mal à m'endormir. Brusquement, je relève la tête :

— Mathieu ?

Pas du tout surpris de me voir, et sur un ton on ne peut plus neutre, il me répond :

— Bonjour, Madame Jaluzot.

Madame Jaluzot ? Tiens, tiens, si mes souvenirs sont bons, la dernière fois que nous nous sommes vus, il n'était pas aussi à cheval sur la politesse. Peut-être que depuis qu'il travaille ici, il a enfin compris les bonnes manières, et la distance qu'il faut mettre entre le personnel et les clients… Ce qui est bien dommage, car moi j'aimais bien son petit côté galopin !

— Je ne savais pas que vous travailliez ici.

— Depuis que les travaux ont commencé, Monsieur Tavernaux m'a engagé, Madame. Benjamin est là aussi, il travaille dans la salle juste à côté.

J'ai la très nette impression que cette information ne m'est pas vraiment destinée. En même temps, cela m'étonnerait beaucoup que cette snob de Camille en ait quelque chose à faire de savoir que le fils de Madame Weil travaille avec Mathieu. Néanmoins, à bien l'observer, je la sens tout à coup mal à l'aise. Je dois sûrement me tromper. Elle ordonne qu'on nous apporte nos breuvages.

— Tout de suite, mesdames.

Mais à peine il tourne les talons, qu'il percute de plein fouet un autre serveur qui portait un plateau chargé de vaisselle. Quand tout se renverse, cela a fait un tel vacarme, que tous les clients se retournent vers ce pauvre Mathieu, qui se confond en excuses. Qu'il en est touchant !

En moins d'une minute, le problème est résolu, car pas moins de six employés viennent pour tout nettoyer. Du coup, je n'ai plus aucune raison de fixer Mathieu comme je le faisais. M'en rendant compte, je détourne le regard, et me recentre sur Camille :

— Alors, pourquoi tu m'as fait venir aujourd'hui ?

— Bon, je me lance. Disons que j'ai une amie…

— Qui ? Je la connais ?

— NON ! Et je te prie de faire un petit effort pour ne plus m'interrompre !

— D'accord ! D'accord ! Ce que tu peux être soupe au lait, parfois !

— Donc, cette amie dont je te parle, est mariée, et il y a peu de temps, elle a découvert une bizarrerie chez son mari, un peu…inhabituelle.

Je me sens tout à coup euphorique, sentiment que je n'ai pas ressenti depuis trois mois, parce que j'ai toujours été très friande de ce genre de sujets croustillants ! Ce qui m'inquiète, c'est que je sais très bien que Camille parle d'elle ! Qui d'autre, sinon ?

N'oublie pas que tu t'appelles Ruth

— Elle a découvert que son mari aimait se maquiller…
— QUOI ? PATRICK AIME SE MAQUILLER ?
— Mais t'es folle ou quoi ? Baisse d'un ton, allons !
— Pardon ! Pardon ! Mais je suis sous le choc ! Comment est-ce possible ? Il n'y a pas plus machiste que lui. La preuve, il n'a jamais voulu que tu exerces une quelconque activité professionnelle ! Mais surtout, la question qui me brûle les lèvres : comment tu t'en es rendu compte ?
— D'abord, il ne s'agit pas de Patrick !
— À d'autres, Camille Marivaux ! Je te connais, et je connais toutes tes connaissances, puisque nous avons les mêmes !

Ma phrase a du déclencher une sorte de confiance aveugle, puisqu'elle se met à me déballer tout d'un trait, en oubliant même de respirer. On dirait qu'elle a gardé ça en elle depuis tellement longtemps, que si cela ne sort pas d'un coup, elle va exploser. Si j'ai tout saisi, elle est en train de m'expliquer que depuis qu'ils sont mariés, elle et Patrick ont eu, en tout et pour tout, quatre, voire cinq rapports amoureux, qui ont, grâce aux cieux, débouché sur deux grossesses rapprochées. Elle pensait que chez tous les couples pratiquants catholiques, cela se passait de cette manière, car s'accoupler sans procréer, est un grave péché. Je m'apprête à la contredire, quand elle me fait signe de ne pas l'interrompre. Lui, travaille et voyage beaucoup. Elle, s'occupe avec la nounou de leurs enfants, ce qui fait qu'ils n'ont jamais le temps de se retrouver. Le peu de fois où ils ont eu l'opportunité d'être ensemble, Patrick l'a repoussée violemment, en lui assurant qu'elle était possédée par le diable. Elle avait trouvé cette réaction assez étrange, mais depuis, elle s'est fait une raison, et n'essaye même plus. Cependant, depuis peu...elle a rencontré quelqu'un et...tout a changé ! Elle a compris qu'elle était complètement normale, et qu'elle avait beaucoup d'amour à donner et à recevoir !

Totalement sonnée par cette dernière confession, je ne peux m'empêcher de lui rappeler qu'une femme mariée, n'a pas à être infidèle. C'est très grave, et peu importe l'état de son mariage et les raisons qui l'ont poussée à prendre un amant :

— Et les liens sacrés du mariage que tu as piétinés, tu les as mis où ? Sous ton paillasson ?

— Tu crois que je ne le sais pas ? J'ai bien conscience que ce que j'ai fait est mal, mais il faut que tu comprennes que j'étais malheureuse comme la pierre. Pendant trois mois, avec mon amoureux secret, j'ai vécu comme dans un rêve. Et puis, ma conscience de catholique m'a rattrapée ! En plus, mon mari commençait à avoir des soupçons, alors j'ai dû rompre. Cela m'a arraché le cœur de devoir mettre un terme à l'une des plus belles choses qui me soient arrivées. Mis à part la naissance de mes enfants, bien sûr. Si je ne veux pas finir complètement carbonisée sur les buchers de l'enfer, je n'ai pas d'autre choix.

— Je pense que tu as bien fait, mon amie. C'est mal, c'est très mal, d'avoir succombé à la chair d'un autre homme. Une bonne confession avec le père Lucien, et tu seras absoute de tes péchés. Bon, maintenant, raconte-moi. Comment as-tu su, pour le maquillage ?

— Ah oui ! Un soir, au lieu que ce soit la nounou, Géraldine, qui couche les enfants, comme à l'accoutumée, je les avais moi-même couchés plus tôt. Après ma rupture, j'étais tellement malheureuse, que seul le sourire de mes enfants m'empêchait de pleurer toute au long de la journée. Au bout de dix minutes à peine, exténués, Henri et Sophie s'étaient profondément endormis, alors que d'habitude, il fallait compter une bonne demi-heure, et ça, tous les soirs. C'était, sans faire de bruit, que j'étais revenue dans notre chambre conjugale, quand j'avais découvert, stupéfaite, le visage de Patrick recouvert de maquillage. Tu aurais vu son coup de crayon sous les yeux, on aurait dit qu'il avait fait ça toute sa vie !

Il n'en faut pas plus à Camille et moi pour exploser de rire, tellement la situation est à la fois horrible et complètement folle. Je ne peux pas m'arrêter de glousser, jusqu'à m'en tenir les côtes. À plusieurs reprises, nous essayons en vain de nous calmer, mais c'est impossible ! Le visage de Patrick, avec son rouge à lèvres de dame du Moulin Rouge, et son crayon noir sous les yeux, nous revient en tête sans arrêt ! Nous sommes encore en train de rire, quand Mathieu arrive à notre hauteur, et pose délicatement notre commande sur la table. Subitement, et sans que je le voie venir, mon grand serveur aux gants blancs, s'approche subtilement de mon oreille pour me chuchoter :

– Je suis très heureux de te revoir, Margot !

Pour s'éclipser juste après.

Comment peut-il partir et me laisser comme ça ! Je veux me lever pour le rattraper, mais d'instinct, je touche mon ventre, ce qui me rappelle à l'ordre, et met fin à toutes mes pensées de pécheresse !

Juste après, l'une de mes domestiques se présente face à moi avec un visage grave :

– Martine ? Seigneur, que faites-vous là ? Et pourquoi diable tirez-vous une tête d'enterrement ?

– Madame...c'est le Duc.

– Quoi le Duc ?

– C'est Monsieur Jaluzot qui m'envoie vous chercher. C'est votre mère… Madame…

Et là, je sais ! Pas besoin que Martine m'explique pourquoi le Duc me fait chercher. Je sens que maman est partie pour de bon, et qu'elle ne fait plus partie de ce monde…de mon monde. Je ne pipe mot, me lève, fais quelques pas, pour m'effondrer littéralement de tristesse et de douleur…

Dans ma chute, je me cogne la tête contre un guéridon près de l'entrée du café. C'est ainsi que je me retrouve par terre.

C'est semi-inconsciente, que j'entends les autres clients murmurer des paroles dans ma direction. Certains se sont levés par simple curiosité, d'autres s'attroupent autour de moi, mais je n'ai pas le temps de répondre à Camille, car deux mains puissantes viennent me soulever. On me porte et m'emmène loin, très loin de cet insupportable bourdonnement de paroles inaudibles. J'entrouvre les yeux, car je veux me réveiller de ce cauchemar que je suis en train de vivre. Le simple fait de savoir que je suis dans les bras de Mathieu me réconforte. Je ne souhaite qu'une chose : mourir à ses côtés, pour ne plus jamais souffrir comme maintenant.

Mathieu

Cela fait six semaines et deux jours que je n'ai pas revu Margot. Pour me consoler de cette cruelle absence, je n'ai que son visage, qui continue d'occuper toutes mes pensées. Chaque fois que je rêve d'elle, ce qui arrive presque toutes les nuits depuis fin septembre, je suis interrompu par Benjamin, qui n'est pas au mieux de sa forme depuis quelques temps. Sa belle a rompu, et il en meurt de chagrin. Il passe le plus clair de son temps dans ma chambre de bonne, à ressasser son histoire avec dame Camille. Il ne mange presque plus, et me parle pendant des heures de la façon dont Madame Marivaux l'a quitté, un soir, en pleine rue. Je ne cesse de lui dire qu'elle a bien fait, car si son mari l'avait su, il aurait tué Camille, et lui avec ! Mais malheureusement, mes paroles ne lui font aucun effet, et il continue sans relâche à s'accrocher à leurs souvenirs communs. Au début, pour oublier, il enchaine les relations d'une nuit, puis plus tard, constatant que ses sentiments sont toujours omniprésents, il va noyer son chagrin dans les brasseries des environs, pour essayer de tomber sur elle « par le plus grand des hasards ». Mais même avec cet effort géographique, le destin n'a pas voulu les réunir.

De mon côté, je continue d'écrire régulièrement à ma famille. Je ne manque pas de leur dire combien mon travail me plait, et que Monsieur Tavernaux est très content de moi. Il dit souvent que je suis celui qui lui coûte le moins cher, car je n'ai cassé que deux verres, tout au plus, tandis que d'autres sont de vrais maladroits en puissance.

Depuis la soirée chez le Duc Jaluzot, j'espère tous les jours voir débarquer Margot sur mon lieu de travail. Comme son amie, Camille, continue de venir prendre le thé, même après sa rupture avec Benjamin, je me dis qu'il y a de fortes chances pour qu'elle vienne la rejoindre tôt ou tard. J'ai été déçu d'apprendre par mon ami, que par deux fois, elle est passée. Et les deux fois, je l'ai loupée. Il faut croire que je n'ai pas de chance !

C'est à moi que revient la tâche de m'occuper de sa bien-aimée, car Ben a encore trop de mal à faire comme si rien ne s'était passé entre eux. Bien sûr, Camille ne sait même pas comment je m'appelle, et ne se doute pas une seule seconde que je connais son secret.

Jusqu'à hier, lorsque je lui ai servi un petit pain au chocolat, et qu'elle m'a demandé de façon totalement désinvolte, si un autre serveur, grand et brun, selon sa description, travaillait toujours dans ce café.

Je lui ai répondu par l'affirmative, mais elle ne m'a rien dit de plus. Elle a fini son thé en silence, pour quitter les lieux à la hâte. Dès qu'elle a décampé, je me suis empressé de tout répéter à mon ami ! Chose que j'ai toute suite regrettée ! Alors, certes, il a retrouvé le sourire, mais pendant la plonge, il m'a demandé de lui répéter pas moins de trente fois ce qu'elle m'a dit, mot pour mot. À la fin, je n'en pouvais tellement plus, que s'il avait osé me demander une fois de plus de le lui redire, j'aurais fini par noyer sa tête dans le savon !

Il est parti d'un grand rire, et m'a éclaboussé avec l'eau savonneuse ! Que c'était bon d'entendre de nouveau son rire envahir toute la pièce. Cela m'avait franchement manqué !

Ce matin, je suis parti de bonne heure au boulot, car

Monsieur Tavernaux m'a demandé de former le petit nouveau, Paul. Je suis ravi que le patron me confie cette tâche, car cela veut dire qu'il a confiance en moi. Vers dix heures trente, entre deux clients, pendant que j'explique le fonctionnement du service…je la vois…enfin ! C'est bien elle ! Ma blonde a enfin franchi cette maudite porte que j'ai tant regardée ! Paul me donne un coup de coude, mais je ne lui réponds pas, car je suis trop subjugué par elle pour reporter mon attention vers lui. Je laisse le nouveau en plan, et me presse pour aller dire à Benjamin :

— Elle est là !

— Tu vois ce que je t'avais dit ! Que tôt ou tard, elle finirait par venir boire le thé avec la briseuse de cœur qui lui sert d'amie ! Juste Math', n'oublie pas qu'elle aussi est mariée, et qu'elle ne te regardera jamais !

— Je le sais bien ! Et toi, avec ta Camille, essaye de passer à autre chose !

— Jamais je ne passerai à autre chose ! Aucune femme ne m'a rendu aussi fou d'amour qu'elle ! Mince, le patron nous fixe, faut qu'on y retourne.

J'ai bien fait de retourner à mon service, car Camille lève la main, et attend que l'on prenne sa commande. Pendant que je note ce qu'elle veut, mon cœur bat tellement fort dans ma poitrine, que je décide d'ignorer Margot. La gorge sèche, je conclus par un simple récapitulatif. Je veux partir, mais elle me retient :

— Mathieu ?

D. merci, elle me parle. Elle non plus, ne m'a pas oublié !

« Bonjour, Madame Jaluzot », sont les seuls mots que j'ai trouvé à répondre. Je n'allais pas l'appeler par son prénom en public ! Je suis très heureux quand elle me dit :

— Je ne savais pas que vous travailliez ici !

— Depuis que les travaux ont commencé, Monsieur Tavernaux m'a engagé, Madame.

Par loyauté envers mon ami, je me sens obligé de rajouter que Ben travaille lui aussi avec moi, même si je sais pertinemment que dame Camille est au courant ! Je sens que ma remarque l'a agacée, puisqu'elle me congédie, et me donne l'ordre sec de lui apporter leurs boissons.

Je suis tellement nerveux d'avoir revu cette beauté de Margot, que je percute Paul, qui ambitieusement, vient de débarrasser pas moins de trois tables. C'est dans un bruit assourdissant que toute la vaisselle se fracasse en mille morceaux. Ce qui m'apprendra que la vanité est un vilain péché. Heureusement que plusieurs serveurs accourent pour nous aider à tout déblayer.

Je retourne en cuisine, et m'occupe des thés en premier, comme on me l'a appris. Un client peut bien patienter plusieurs minutes, tant que l'on s'assure qu'il a à boire. Je pose les deux théières, et j'ajoute des petits gâteaux près des tasses. Je reviens aussi vite que possible en salle, lorsqu'au loin, je vois les deux amies prises d'un véritable fou rire. Le spectacle est magnifique, et je ne veux pas les déranger !

Quand il ne m'est vraiment plus possible de patienter davantage, je dépose doucement leur plateau, toujours en les entendant rire comme des folles.

Une fois que j'ai tout installé, je ne peux pas me résoudre à ne pas parler du tout à ma pimbêche préférée. Alors, poussé par un mélange de courage et d'audace soudaine, je prends le risque de me faire renvoyer, et chuchote à son oreille :

– Je suis très heureux de te revoir, Margot !

La seconde d'après, je pars, avant que quelqu'un ne se mette à remarquer mon imprudence, pour prendre les commandes des autres clients qui attendent. Cela n'empêche pas le moins du monde mes yeux, de faire de constants va-et-vient vers la table qui m'intéresse. C'est là que je remarque qu'une des employées de Margot, que j'ai vue lors de la fameuse soirée chez les Jaluzot, lui annonce quelque chose.

Je vois Margot se lever, le visage décomposé, marcher vers la sortie, pour s'effondrer d'un coup ! Lâchant tout ce que je suis en train de faire, je cours le plus vite possible pour la rattraper. Hélas, je n'ai pas le temps d'arriver, que sa tête vient percuter l'un des guéridons près des portes d'entrée. Sans réfléchir, je la prends dans mes bras, la serre le plus fort possible, pour masquer mes tremblements, tant j'ai peur pour elle.

Je m'efforce de ne pas penser au pire, même si je sens couler à travers mes mains une substance chaude. Elle a l'air inconsciente, jusqu'à ce qu'elle ouvre un œil pour me voir. Elle me sourie et resserre son étreinte, en retombant dans une sorte de torpeur.

Ce qui m'inquiète le plus, n'est pas seulement le sang qui coule de sa tête suite à sa chute, mais celui qui coule abondamment le long de sa jambe…

Chapitre 6

Margot

C'est la tête haute que je suis en train de remonter l'allée centrale du cimetière. À mon passage, j'entends les cancans qui fusent de toute part, et je constate qu'aucune critique ne m'a été épargnée, même si je l'ai bien cherché.

J'ai respecté la volonté de maman, lorsqu'elle m'a demandé de porter la robe numéro douze. Seule la couleur originelle rose, a été remplacée par...du blanc. Je me suis dit qu'il ne fallait pas créer un énorme scandale...juste un scandale !

Depuis le décès de maman, j'ai travaillé trois jours et trois nuits (j'insiste sur les nuits) sans relâche. J'ai pris avec moi pour la confection de ma création, l'une des meilleures couturières des grands magasins, afin que tout soit prêt à temps. Sans « hanches développées », je reconnais que je n'aurais jamais pu y arriver toute seule. Hormis le fait que je suis rongée par le chagrin, il est indéniable que mon employée a vraiment été gentille et particulièrement prévenante à mon égard, alors que moi, je n'ai fait qu'être odieuse et grossière avec elle. Encore plus que d'habitude ! Vous imaginez…

Quelques jours plus tôt, lorsque je me suis réveillée dans une odeur pestilentielle, entre une montagne de cartons et une multitude de vaisselle usagée, j'ai mis un moment à comprendre que je me trouvais dans le soussol du « Café du Troca ». D'instinct, j'ai tout de suite su que j'avais perdu l'enfant que je portais. L'état de ma robe, ainsi que les douleurs lancinantes dans le bas de mon ventre, me confirmaient ce que je craignais. Pendant un instant, j'ai oublié la nouvelle de la perte de ma mère, et comme un autre coup de poignard, la tristesse est revenue me tirailler.

Le docteur auscultait ma tête, qui me faisait aussi affreusement mal. J'avais envie de le supplier qu'il me prescrive une dose mortelle de morphine, pour tuer ce chagrin qui envahissait tout mon être.

Soudain, il s'est écarté de moi et a marmonné qu'il devait aller chercher mon mari pour qu'on me transporte à l'hôpital. J'ai à peine levé ma tête cruellement douloureuse, que j'ai vu Mathieu. Il se tenait debout près de moi. J'ai remarqué ses gants blancs ensanglantés, et j'en ai déduit que c'était lui qui m'avait portée jusqu'ici. Il était pâle. Il a attendu que le docteur remonte la dernière marche de l'escalier, pour se précipiter à mes côtés, en prenant place sur la paillasse sur laquelle j'étais allongée :

– Margot, je suis là ! Je ne peux pas te dire à quel point je suis désolé pour ta mère…et pour l'enfant. Je sais exactement ce que tu ressens. Tu as mal, si mal, que tu veux mourir à ton tour. Tu sais, moi aussi, j'ai perdu ma mère, mais je veux que tu saches qu'avec le temps, tout passe. D. a donné à nous, les êtres humains, ce médicament qu'est l'oubli, dont nous avons tous besoin un jour ou l'autre, pour survivre au chagrin. Tu verras, la douleur s'amoindrit, même si on ne se remet jamais tout à fait de la mort d'un parent. Plus tard, tout ira bien, je te le jure.

Les paroles de Mathieu étaient si sincères, si touchantes même, que mon désir de disparaître six pieds sous terre se dissipait quelque peu. Tout se bousculait dans ma tête, car je ne savais pas comment j'allais affronter ce double deuil.

Et puis soudain, en regardant mon sauveur-serveur, j'ai aperçu deux larmes couler du coin de ses longs cils épais. Ça a été comme un déclencheur pour mon cœur, car à mon tour, je me suis mise à pleurer, sans pouvoir m'arrêter. Totalement confuse par ce trop plein d'émotions, sans prendre le temps de réfléchir, j'ai passé ma main sur son visage, et naturellement, les bras de Mathieu sont venus enlacer mes épaules. C'est ainsi qu'ensemble, sur ce lit d'appoint, nous avons pleuré nos parents perdus, et la mort de mon bébé.

Après un moment hors du temps, Mathieu s'est levé d'un bond pour reprendre sa place initiale, à quelques mètres du lit. Je n'ai compris qu'après, pourquoi tant de délicatesse de sa part s'était transformée en distance, lorsque j'ai entendu à mon tour des pas précipités dans les escaliers.

C'était le Duc, suivi du docteur, et de Martine, notre gouvernante, qui est apparus les uns à la suite des autres. Olivier est venu toute de suite s'accroupir, de façon à ce que nos deux têtes se retrouvent à la même hauteur. Il m'a dit doucement qu'il était désolé pour tout. Ce qui m'a étonnée, c'est qu'il avait l'air vraiment sincère…bien qu'il n'ait rencontré maman que trois, quatre fois au maximum. Peut-être qu'après tout, ce n'est pas un si grand monstre sans cœur…

Avec l'aide du docteur, mon mari m'a mise sur pied, et a ordonné à Martine de m'aider à me changer. Elle m'avait rapporté des vêtements propres de la maison. C'est sans doute le médecin lui-même, qui s'est chargé d'expliquer au Duc la provenance des tâches sur ma robe. À part ma gouvernante, tous les autres ont été priés de nous laisser. Non sans risque, j'ai regardé Mathieu partir. Plus il s'éloignait, plus je sombrais dans une profonde mélancolie. Juste avant de disparaitre à l'étage du dessus, il s'est retourné et m'a lancé un sourire des plus tendres, qui m'a donné la force dont j'avais besoin pour me changer. J'ai décidé de me concentrer uniquement sur cette robe que je devais passer au-dessus de ma tête, en m'obligeant à ne penser à rien d'autre pour le moment.

Sur le chemin de l'hôpital, le Duc m'a fait savoir discrètement qu'il était au courant pour la perte de notre bébé. Lui aussi en était très chagriné, mais m'a conseillé de ne pas perdre mon temps à pleurer cet enfant qui n'a jamais vu le jour. Il a rajouté que nous pouvions nous réjouir qu'au moins je ne sois pas stérile ! Ce qui aurait été très fâcheux pour nous deux. Selon celui qui me sert de mari, cela prouvait simplement que dans un futur proche, je pourrais de nouveau être mère.

Pensant me rassurer, en me disant que la mort de maman n'était pas une surprise, car nous étions tous au courant qu'elle était mourante et qu'elle n'en avait plus pour longtemps, il m'enfonçait un peu plus dans les sables mouvants de tristesse dans lesquels j'étais. Je ne sais pas si c'est son manque de délicatesse qui me donnait une envie très forte de lui arracher la langue…avec mes dents !

Le reste du trajet s'est fait en silence…

Pendant que les infirmières finissaient d'enlever ce qu'il restait de ma grossesse, le chef de service s'est décidé à m'annoncer le pire. Cela ne m'avait échappé que depuis tout à l'heure, il essayait de m'informer de ma situation :

— Madame Jaluzot, je profite que votre mari se soit absenté, pour vous annoncer qu'à partir d'aujourd'hui, il vous sera très difficile de concevoir un autre bébé.

Et là, c'était trop. J'ai craqué ! Pire, j'ai hurlé comme jamais ! J'ai littéralement perdu la tête ! Je me suis levée alors que je devais rester allongée, et j'ai cassé tout ce qui m'est tombé sous la main. Les chaises en bois, la lampe, la petite commode. J'ai renversé tout sur mon passage, en hurlant comme une possédée que tout était trop injuste !

J'en suis même venue à penser que je payais pour mes péchés, ma vanité, mon caractère épouvantable, pour toutes les méchancetés que j'ai pu dire ou faire ! D. seul doit le savoir ! À croire que tous les évènements maudits du jour ne me suffisaient pas, il fallait qu'Il me rajoute ça ! J'étais en train de vivre un véritable enfer, alors autant y aller pour de bon, et décider de ne pas partager avec le Duc, cette information cruciale et déterminante pour l'avenir de notre couple. Pire ! J'allais remettre la faute sur lui, le jour où il me réclamerait son héritier !

Lorsqu'Olivier est revenu, et a découvert la chambre ravagée, scandalisé, il m'a demandé si l'on m'avait vandalisé. Je lui ai menti, et répondu par l'affirmative, sans aucun scrupule. Il m'a prise dans ses bras (il était temps), m'a promis de me faire sortir d'ici au plus vite, et a immédiatement été se plaindre du manque de sécurité de cet hôpital public.

Deux jours plus tard, pas tout à fait remise de mon état, je me suis plongée malgré tout dans la confection de la robe numéro douze. Pendant les essayages, j'ai envoyé « hanches développées » chercher papa, afin qu'il me donne son accord pour que je la porte à l'enterrement. Il m'a regardé droit dans les yeux pour me dire :

— Respecte la volonté de ta mère, Margot.

Et c'est la tête haute, voilette sur la tête, qu'en ce jour de pluie, je remonte l'allée principale du cimetière. Je ne sais pas si c'est mon dos nu, ma traine, la couleur, ou bien la cigarette que j'ai au bec, mais même Coco (Chanel), présente, en est restée bouche bée. Ai-je été trop loin ?

Très certainement, sauf que maman avait raison sur toute la ligne !

En choisissant spécifiquement cette robe, ma mère savait très bien qu'elle allait lancer la carrière de la styliste que j'ai toujours rêvé d'être. De là où elle est, elle m'a seulement propulsée de la façon la plus spectaculaire possible !

Plus tard, la famille Jaluzot m'en a beaucoup voulu. Surtout ma belle-mère, qui a voulu me gifler après la cérémonie. Mon beau-père était arrivé juste à temps, car je comptais bien la défigurer si elle s'était aventurée à me toucher ne serait-ce qu'un cheveu.

Cependant, cela reste une famille d'hommes et de femmes d'affaires, donc dès qu'ils ont constaté que les commandes explosaient, aussi bien pour mon atelier que dans leur grand magasin, ils ont pris « l'anecdote » à leur avantage, jusqu'à m'en féliciter ! Au bout d'un moment, j'ai une aversion telle pour ma belle-famille, que j'essaye de les côtoyer le moins possible.

Professionnellement, ça va plutôt bien. Mon magasin Colette va bientôt ouvrir ses portes, pourtant, l'heure n'est pas qu'à la réjouissance. Pas seulement à cause de mes propres malheurs, mais parce que la guerre n'est pas près de finir. L'atmosphère si festive autrefois, a laissé place à une ambiance générale tendue, sombre, et morose. La peur est aussi très présente dans les rues de Paris.

Mon mari, lui, a l'air de ne pas trop s'en faire. Avec son père, ils ne pensent qu'aux intérêts que la guerre peut leur rapporter. Alors, ils se mettent à organiser réception sur réception avec l'envahisseur. De plus en plus d'allemands sont invités dans notre hôtel particulier, pour prendre le thé, ou pour souper. Très vite, je choisis volontairement de ne pas dévoiler que je parle parfaitement l'allemand. Depuis des générations, ma famille originaire d'Alsace, s'obstine à ce que la génération d'après maitrise très tôt cette langue, au même titre que le français. Pour mes aïeux, perpétuer cet apprentissage est une grande marque de noblesse.

Pendant cette période noire dans laquelle nous sommes tous plongés, les seuls instants qui me permettent de trouver un peu de joie et de bonheur, sont les matins où je m'arrête pour prendre mon petit déjeuner au « Café du Troca ».

Depuis notre « moment » dans le sous-sol, Mathieu et moi multiplions les occasions de nous revoir. À l'aube, munie de mon carnet à dessins, je vais m'assoir toujours à la même table, celle qui donne pignon sur rue. Il n'est pas rare que certains passants m'inspirent beaucoup par leur allure générale.

Mathieu vient me servir mon thé à la fleur de rose, et

reste à me parler de tout et de rien autant qu'il le peut. Il me fait souvent rire, en me racontant les histoires folles que Benjamin et lui vivent après le service. D'après Mathieu, il essaye toujours d'oublier sa belle, dont il est encore amoureux. Nous pouvons passer d'un sujet léger à un plus sérieux, avec une aisance folle, sans que ni lui, ni moi n'en soyons gênés. Quand il m'arrive de me poser des questions sur mon travail, ou sur la façon dont je dois gérer mon mari et sa famille, c'est avec finesse et intelligence, qu'il me donne son avis franc souvent percutant. Au fur et à mesure, il devient mon ami, mon confident, ma bouée de sauvetage, dans ce monde où la tempête fait rage…

De temps en temps, du fond de son comptoir, il me fait des clins d'œil discrets que moi seule vois. Avec lui, je me sens moi-même, et non cette femme mondaine qui passe la journée à travailler, et le soir à recevoir.

Souvent, quand il pose le panier de pain près de mon carnet, il regarde mes croquis, et sait toute de suite ce que je pense :

– Hé bien ! Nous sommes tristes, aujourd'hui ?

Ou encore :

– J'aime beaucoup ce jupon, même s'il n'a pas l'air très pratique.

Et il repart.

Mais ma phrase préférée parmi toutes est :

– Y a-t-il au moins quelque chose de pudique, là-dedans ?

Et je pars toujours dans un grand éclat de rire.

Ce sont des moments volés, que seuls Mathieu et moi partageons. Je les chéris plus que tout au monde.

Un soir, lors d'un de ces fameux diners, toujours en faisant semblant de ne rien comprendre, j'entends deux allemands discuter entre eux. Il est prévu que d'ici peu de temps, ait lieu l'une des plus grandes arrestations de juifs que la France ait jamais connue, sous le nom de code de : « Vent printanier » (note de l'auteure : plus connue sous le nom de la « Rafle du Vel d'hiv »).

Les arrestations devraient être menées par sept mille policiers et gendarmes français. D'après les allemands, c'est prévu pour après-demain !

Apparemment, ils ne doivent arrêter que des juifs d'origine étrangère, mais cela n'étonnerait pas le caporal assis sur ma droite, en train de boire mon vin, que par la même occasion, quelques familles juives françaises soient mises dans le même lot. L'autre officier d'en face, qui en a un peu trop dans le nez, commence à débiter, absolument hilare, les exceptions qui doivent être faites concernant le décret :

— Les femmes enceintes dont l'accouchement serait proche. Les femmes nourrissant au sein leur bébé. Les femmes ayant un enfant de moins de deux ans. Les femmes de prisonniers de guerre. Les veuves ou veufs ayant été mariés à des non-juifs. Les juifs ou juives mariés à des non-juifs, mais il leur faudra une preuve. Comme si cela changeait quelque chose. Dès l'instant où tu partages la couche d'un juif, tu es contaminé !

Son interlocuteur hoche la tête, et répond, toujours en allemand :

— Ja !

De mon côté, je commence sérieusement à avoir la nausée. Je pâlis pour de bon, quand le caporal affirme que de toute façon, n'est pas allemand qui le veut, car les allemands ont cette réputation d'être carrés, et les plus organisés du monde, avec une discipline de fer ! Il est sûr que les français n'arriveront jamais à faire un tri pareil, et seront vite débordés ! En plus, cela représentera une véritable perte de temps, donc le tri ne sera pas fait au domicile, mais au premier centre de rassemblement par le commissaire de l'arrondissement.

À cette dernière information catastrophique, mon cœur se serre, et je fais un effort colossal pour continuer à respirer normalement, car toute cette horreur va se dérouler à quelques rues de chez moi. J'ai une vision d'horreur avec des femmes, des hommes, et des familles, tous emmenés et entassés dans un endroit fermé, sans issues.

Je n'ai aucun doute concernant le traitement que les juifs subissent ! Cela a commencé par l'interdiction de pratiquer certains métiers, puis par l'obligation de porter l'étoile jaune, et maintenant, certains lieux publics leur sont interdits.

Je me sens totalement impuissante face à ce que je vois, car je pense aussi, je l'avoue non sans honte…à sauver ma propre peau. Même si pour l'heure, je n'ai pas d'inquiétude à avoir, car comme ma mère me l'a dit la dernière fois que je l'ai vue, les Jaluzot ont une trop grande réputation d'antisémites pour que l'on vienne fouiner dans leur propre famille.

Mais tous les autres, qui ne se sont pas mariés avec une bande de judas, que vont-ils devenir ?

Je ne peux définitivement pas rester les bras croisés ! Sinon, je ne vaux pas mieux qu'eux, je pourrais même être considérée comme complice ! Sans perdre une seconde, je prends une décision qui me rappelle celle que je suis uniquement en présence de Mathieu : je dois agir, et sauver au moins ceux que je connais…

Je m'essuie le bord des lèvres avec ma serviette en tissu. J'observe de loin le Duc, qui depuis le début de notre mariage, a de plus en plus de problèmes avec la boisson. Il demande à ces messieurs de parler en français, pour qu'il puisse aussi participer à la conversation, et se tenir informé des derniers potins (là, j'ai vraiment l'impression que je vais rendre pour de bon mes côtelettes d'agneaux marinées, tant ses propos m'écœurent) :

— Avec le Caporal Zindt, nous étions en train de nous demander si la dénonciation spontanée des juifs avançait, car voyez-vous, Duc Jaluzot, avec l'aide de la mairie et de la police française, nous prévoyons d'organiser quelque chose de grandiose. Les livres d'histoire destinés aux petits français exposeront l'exploit que Vichy s'est donné la chance de réaliser.

— Voyez-vous, ça ! Je ne sais pas de quoi il s'agit, mais tant que cela vous réussit, comptez sur moi pour me réjouir de votre succès ! Et puis pour la dénonciation, mon père et moi ferons tout ce qui est en notre pouvoir pour réunir le plus de noms avec adresses. D'ailleurs, je pense que vous commencez à être à l'étroit, dans vos bureaux que j'ai eu la chance de visiter. Ma femme et moi pouvons mettre à votre disposition quelques salons ici, pour que vous soyez plus à l'aise, messieurs !

— Oh, c'est très touchant de votre part, Duc ! Nous ne voudrions pas abuser de votre gentillesse !

Mon sang ne fait qu'un tour ! Je hais tellement mon mari à cet instant précis, que je pourrais l'étrangler à mains nues sur le champ. Quel traître, quel misérable petit personnage… Je continue à l'insulter intérieurement pendant une bonne minute, en tenant si fort le bout de la table, que mes doigts en deviennent blancs. Je dois me reprendre, car il y a plus urgent à faire. Je dois trouver un prétexte pour m'éclipser au plus vite…mais lequel ?

Et c'est dans un parfait français presque sans accent, que tout à coup, comme s'il avait lu dans mes pensées, Zindt s'adresse à moi :

— Très chère, permettez-moi de vous féliciter de votre Mann (mari en allemand), qui est absolument exquis ! Vous aussi, d'ailleurs. Savez-vous que jusqu'en Allemagne, Madame, votre réputation vous précède ?

— À quel propos ?

J'essaye de rester aimable, même si je bouillonne de l'intérieur. Pendant qu'il me parle, je n'ai qu'une obsession : trouver le moindre prétexte pour aller prévenir Benjamin et sa famille, qu'ils doivent s'enfuir au plus vite. Jusque-là, en graissant la patte à la concierge, j'ai réussi à maintenir la famille dans leur appartement, mais je sais qu'après ce soir, il ne reste plus beaucoup de temps. La situation est bien trop grave.

— Ma femme et certaines épouses de mes collègues voudraient que vous leur confectionniez des robes, pour le prochain bal que l'armée organise. Bien sûr, vous recevrez l'invitation sous peu, cela va de soi !

— Tu entends ça, ma chérie ? Si c'est pas formidable !

L'allemand reprend :

— Mais ce n'est pas tout… J'ai reçu un fond important pour renouveler nos uniformes, et je voudrais que votre maison s'en occupe.

À ces mots, Olivier se met à m'applaudir et hurler presque :

— Mais c'est fantastique ! Que l'on sorte le schnapps ! Margot, trésor ?

Je reste sans voix. Je ne me suis jamais vraiment sentie l'âme patriotique, mais rien que l'idée de confectionner des robes, ou je ne sais quoi pour ces occupants, me donne la nausée ! Si j'avais pu, j'aurais brûlé tous les visages autour de cette table au vitriol ! Mais je sais aussi que c'est ma seule fenêtre pour m'échapper :

– Chéri, allons, pourquoi se contenter du schnapps, quand on peut avoir du champagne !

– À la bonne heure ! En voilà, une belle proposition. J'y vais.

– Mais non, mon amour, je m'en charge avec joie ! Reste là, et profite de nos invités.

Et là, c'est le top départ ! À la seconde où je ne suis plus dans leur champ de vision, j'ôte mes chaussures à talons, et cours dans la rue pieds nus. Dorénavant, chaque seconde compte. En courant dans l'allée, je fais un détour par mon atelier, pour aller prendre l'argent liquide que j'ai dans le tiroir de mon bureau. La famille Weil en aura surement besoin. Je suis sûre que la liasse de billets que je tiens fermement au creux de ma main, est suffisante pour payer les billets de train qu'ils vont devoir acheter. Je vais les envoyer à Annemasse, afin qu'ils passent la frontière Suisse. Tout en réfléchissant à toute vitesse, j'essaye de maintenir mon rythme de pas, et enfin, je vois la bâtisse de la famille de Benjamin.

Essoufflée, me tenant presque les côtes, je pousse la grosse porte cochère. J'ai les pieds en feu, je rase les murs, pour ne pas que Madame Portal, la concierge, ne me repère depuis sa loge. Je monte deux à deux les marches de l'escalier en colimaçon. Et par une chance inouïe, je croise…

– Benjamin ! Benjamin, tu es là. D. merci, c'est vraiment un signe que je tombe sur toi, alors que je suis venue pour te voir.

– Salut Margot, qu'est-ce que tu fais là ? Tu vas bien ? Je ne t'ai jamais vue aussi rouge !

– Tais-toi, et écoute-moi très attentivement. Je n'ai que quelques secondes. Toi et toute ta famille, vous devez partir cette nuit !

– Quoi ? Mais qu'est-ce que tu racontes ? On a notre appartement, nos affaires, maman doit travailler demain sur la réception de Madame…

– Benjamin, regarde-moi ! Regarde-moi… TU DOIS PARTIR, et maintenant.

– Margot, calme-toi, reprends ton souffle, tu me fais peur.

– Tu peux avoir peur ! Tiens, prends cet argent. Rentre chez toi, prépare les affaires de tout le monde, et dès que vous êtes prêts, allez à la gare, achetez des billets de train en direction d'Annemasse. Si on vous pose des questions, vous direz au contrôleur que c'est moi qui vous envoie acheter du tissu pour ma prochaine collection. Je t'ai pris du papier à lettre, avec l'entête de Colette. Tu rédigeras et signeras pour moi en bas de page. T'as compris ? C'est bon ?

– Oui, oui, j'ai compris. Je te promets que je vais faire tout ce que tu m'as dit. Je devais aller dormir chez Mathieu, mais je n'aurai certainement pas le temps de lui dire au revoir. Tu pourras lui dire au revoir de ma part ? Je dois faire quelque chose, avant de partir pour de bon.

– Tu fais vite, hein ?

Il me serre fort dans ses bras, et me dit :

– Oui, ne t'en fais pas. Au revoir, Margot. Tu es une femme très courageuse. Je te serai éternellement reconnaissant. Juste avant que l'on se quitte, sache que Mathieu est dans sa chambre…tout seul !

Et il tourne les talons, me laissant avec cette dernière phrase sur les bras, alors que je dois absolument retourner à la réception, avant que mon absence n'ait l'air vraiment suspecte.

Sauf que la tentation d'aller retrouver mon sauveur-serveur aux longs cils, à la mâchoire carrée et aux mains fines, est trop forte…

Mathieu

Quand je la vois étalée sur ce petit lit d'appoint, entre les cartons vides et la vaisselle que le patron ne se décide pas à jeter, je suis désemparé. Je me sens impuissant de ne pas avoir pu arrêter tout ce sang qu'elle perd. Heureusement que Martine est vite partie chercher le médecin. Il est arrivé à temps, et a fait le nécessaire pour aider celle qui obsède mes pensées jour et nuit. Il est maintenant en train d'examiner sa tête, parce qu'elle a pris un sacré coup.

Ce qui me terrifie le plus, c'est que je ne sais pas comment Margot va trouver la force de se remettre de tous ces drames.

Avec la perte de ma mère, pendant plus d'un an, je me suis levé tous les matins avec un énorme poids dans la poitrine qui ne voulait pas partir. Je n'ose imaginer les émotions de Margot, qui en plus d'avoir perdu sa mère, doit faire face à la perte malheureuse de son bébé. Je sais au fond de moi, que c'est une battante au caractère bien trempé, et qu'elle arrivera à se relever de tout ça. Je me fais la promesse de rester à ses côtés, même si je ne sais pas si elle voudra de mon aide.

Une fois que le docteur a fini de l'ausculter, il prend congé pour aller prévenir le Duc de l'état de sa femme, afin de la transporter à l'hôpital. J'attends avec impatience qu'il remonte les dernières marches, afin d'être bien sûr que nous sommes seuls, pour oser m'assoir près d'elle, et lui dire combien je suis désolé, et que je suis là pour elle.

Soudain, submergé par ma propre émotion, très

certainement parce que cela a rouvert ma blessure de l'époque, liée au décès de ma propre mère, et sans trop m'en rendre compte, je verse des larmes. Je suis surpris et ravi à la fois, lorsqu'elle passe ses doigts sur mon visage. Sans trop réfléchir, je la serre fort dans mes bras. Et c'est avec cette sensation bizarre qu'ensemble, dans ce lit trop étroit pour elle et moi, nous pleurons ceux que nous avons perdus.

Après un moment indéterminé, brusquement, j'entends des pas. N'ayant pas d'autre choix, je me lève brutalement, et reprends ma place de départ, priant pour que personne ne nous ait vus. J'ai eu le bon réflexe, car c'est son mari en personne qui est là, accompagné du Docteur et de Martine. Lorsque le Duc s'accroupit près de Margot, en lui murmurant des paroles inaudibles, j'ai la même sensation que si l'on m'avait giflé. Je suis jaloux et en colère ! Je me trouve ridicule d'éprouver de telles choses, car je savais d'avance que mes sentiments envers cette femme mariée, ne devaient rester que de l'ordre du rêve. Depuis ma rencontre avec Margot, je me répète en boucle que je n'aurai jamais ma place auprès d'elle, mais pendant ces quelques secondes que nous venons de vivre, j'ai vraiment cru qu'elle m'appartenait. Je ne suis qu'un sot qui perd son temps à prendre ses misérables rêveries pour sa triste réalité !

Le Duc ordonne qu'on laisse sa femme et sa gouvernante seules, et même si cela me crève le cœur, je dois obéir. À mon tour, je remonte les escaliers. En me retournant une dernière fois, je ne peux m'empêcher de lui sourire encore. J'espère comme un sombre idiot qu'elle comprenne que ce sourire veut dire tellement plus que ce que j'ai le droit d'exprimer.

Avec tout ce qui vient de se passer, il serait normal

que Monsieur Tavernaux me fasse rester plus tard ce soir, pour rattraper tout mon retard accumulé, si ce n'est que j'ai oublié que je pouvais compter sur l'aide précieuse de Benjamin, qui a couvert mon absence en s'occupant de mes tables habituelles comme si de rien n'était.

Après le service, j'ai prévu d'aller prendre des nouvelles de Margot auprès de ses domestiques. Par manque de chance, le Duc est parti se plaindre de l'état déplorable du sous-sol, qui est, selon ses dires, une véritable honte ! Si d'autres clients sont amenés à le savoir, il en serait fini de la réputation éclatante du Café.

Nous avons du tout déblayer, trier, jeter, et cela jusqu'à très tard.

Tous les jours jusqu'à l'enterrement de la maman de Margot, je prends des nouvelles de celle qui fait battre mon cœur. Je demande ma matinée pour me rendre au cimetière. Même si Monsieur Tavernaux a beaucoup râlé de mon absence, je n'aurais raté ça pour rien au monde ! Lorsque Margot sort de la voiture, et qu'elle remonte l'allée du cimetière avec sa robe…blanche sur le dos, les réactions des personnes présentes sont à pouffer de rire. Voir toutes les mâchoires de la haute société française qui se décrochent, est juste un spectacle hilarant !

Je l'aurais applaudie, si je n'étais pas littéralement en train de baver sur sa beauté. Je suis derrière, ce qui me donne tout le loisir d'entendre toutes les femmes cracher leur venin, et se dire entre elles, qu'une tenue pareille est inadmissible pour une circonstance pareille. Pour montrer leur mécontentement, certains invités se lèvent et quittent le cimetière. Un monsieur très âgé, brandit sa canne en l'air, en criant :

– C'est un scandale ! Un véritable scandale ! Cette petite n'a donc aucun respect pour sa pauvre mère !

D'un autre côté, cela se trahit sur le visage de ces bourgeoises que contrairement à ce qu'elles affirment, si elles avaient eu l'opportunité, elles auraient volontiers pris la place de la Duchesse Jaluzot ! Je leur accorde que débarquer vêtue ainsi à l'enterrement de sa propre mère, n'est pas des plus opportuns, mais pour créer sensation, personne n'aurait pu faire mieux qu'elle ! Cela relève du génie, mais cela, personne n'est prêt à l'avouer ! J'en mettrais mon béret à couper que Margot vient tout juste de lancer sa carrière.

Quelques jours plus tard, j'ai le bonheur de la voir pousser la porte de mon lieu de travail. Pour mon plus grand plaisir, la scandaleuse Madame Jaluzot vient prendre son petit déjeuner, et elle le fait pendant de longs mois. La plupart du temps, elle est seule, rien qu'à moi.

Margot prend toujours la même table, et dessine souvent des tas de croquis sur son carnet. Ensemble, nous pouvons discuter de tout, de rien. Je lui pose des questions folles, auxquelles elle me répond avec enthousiasme. Parfois, quand elle doute de son talent, je me mets en quinze pour l'encourager, et surtout pour la faire rire, quitte à utiliser les histoires de mon meilleur ami, rien que pour voir son visage s'éclairer.

Elle m'a vite confié, plus pour se soulager que pour me le dire à moi, Mathieu, cette terrible nouvelle que le docteur lui a annoncée le jour de son hospitalisation. Je reste persuadé que cette hypothétique incapacité à retomber enceinte l'a profondément changée de l'intérieur. Chaque fois qu'elle m'en parle, je lui répète que si avoir un enfant est vraiment ce qu'elle désire, il faut continuer d'y croire très fort. L'encourager dans ce domaine ne m'enchante guère, puisque ça la liera pour toujours au Duc.

Surtout qu'indépendamment de l'amour inconditionnel que j'ai pour son épouse, je ne le porte vraiment pas dans mon estime, son mari ! Pire, il m'insupporte ! Dès que je le croise dans la rue, il est toujours flanqué de ces chiens d'allemands qui ont envahi notre pays.

Depuis que la guerre a été déclarée, ce qui m'a le plus ébranlé, c'est le traitement que l'on réserve aux juifs. D'ailleurs pour les différencier, le gouvernement a décrété que chaque israélite doit porter une étoile jaune sur ses vêtements. Toute la famille Weil a du s'y résoudre, à l'exception de Benjamin, qui refuse de la porter. Monsieur Weil a plusieurs fois déclaré que cette étoile jaune devait être considérée comme une fierté ! Il s'obstine à penser que les choses vont en s'arrangeant, car il est français avant d'être juif, et il est persuadé que jamais son pays ne lui ferait le moindre mal.

Une nuit où j'ai travaillé très tard, je rentre chez moi épuisé. Soudain, j'entends des chuchotements dans les escaliers. Les murs sont tellement fins qu'aucun bruit ne m'est épargné. Par les temps qui courent, je reste toujours sur mes gardes, à la limite de la paranoïa. Malgré ma fatigue, je décide de vérifier par moi-même s'il y a lieu de s'inquiéter. Je suis en train de remettre mes bottes, quand soudain, j'entends que l'on tape trois coups à ma porte…

Chapitre 7

Margot

Je dois absolument repartir là d'où je suis venue, avant que quelqu'un ne remarque mon absence. Plus je tarde à rentrer, et plus je nous fais courir à tous, un grand danger. Cependant…je n'arrive pas à rebrousser chemin. La tentation de me retrouver en tête à tête avec Mathieu me dépasse complètement, et prend le pas sur ce que je suis censée faire.

Pour me convaincre, je me raisonne et me dis que je suis une femme avec une certaine éducation, et qu'il serait impoli et indélicat de ma part, de ne pas prendre le temps de saluer un ami.

Un ami, vraiment ? De qui se moque t-on, je me le demande ? Me voilà maintenant à faire appel à la politesse pour continuer de me raconter des histoires. À d'autres, oui ! Je me dois au moins d'être un peu honnête avec moi-même. Je cherche un prétexte pour étouffer mon cœur, qui me hurle de grimper ces marches qui me séparent de lui !

Je remonte les deux derniers étages, en essayant de ne

pas perdre de vue l'idée que je ne dois pas m'attarder. Une fois devant sa porte, je commence légèrement à paniquer. Je me mets à trembler, tant je suis nerveuse ! Je réalise que pour la première fois, je vais me retrouver seule…mais vraiment seule avec lui ! Dans une chambre et…oh mon D., je viens à peine de me rendre compte que je ne suis pas chaussée, que mes pieds sont franchement sales ! Quelle horreur !

Moi qui mets toujours un point d'honneur à être toujours tirée à quatre épingles et plus ! Je suis certaine que ça va lui faire un choc, de me voir aussi négligée et souillon. En tout cas, il est trop tard pour faire marche arrière, car ma main vient de donner trois petits coups à sa porte.

J'ai le cœur qui bat la chamade. Il menace même de sortir de ma poitrine à tout moment, car je suis tout bonnement morte de peur. Je crains de le déranger. Déjà qu'il me supporte pratiquement tous les jours au café, j'en viens à le poursuivre jusqu'à son domicile. Rien ne me garantit qu'il sera heureux de me voir. S'il me rejette, je vais probablement m'évanouir de honte. Si cela arrive, je serai réduite à m'enfuir en courant, en me promettant de ne plus lui adresser de nouveau la parole. Je vais tout de suite en avoir le cœur net, car la porte s'ouvre …

Il est là.

Devant moi.

Ses traits fins montrent clairement qu'il est surpris que je me trouve ici, en face de lui, mais il ne dit pas un mot. Il ne me pose aucune question, car il est occupé à me dévisager. Je le regarde à mon tour, ce qui me permet de constater qu'il est tout aussi parfait que ce matin…

Excepté que les trois premiers boutons de sa chemise blanche sont ouverts.

Cet échantillon de lui, laisse apparaître un corps ferme et musclé, que j'avais déjà deviné à travers ses vêtements. D'ailleurs, chaque soir avant de m'endormir, depuis que je le connais, j'ai dû essayer de deviner un bon million de fois ce qui est camouflé derrière son complet trois pièces.

Il continue de me contempler en ne pipant mot. Ce silence aurait pu être gênant, si cela n'avait pas été lui : mon Mathieu qui m'écoute avec attention, et qui boit mes paroles comme de l'eau bénite !

Mon Mathieu qui me consacre du temps ! Ou encore, mon Mathieu qui m'a appris à aimer quelqu'un d'autre que moi-même.

Je constate que ses cheveux sont en bataille, et en déduit qu'il devait être allongé avant que je ne vienne l'importuner. Je n'ai qu'une envie : y plonger mes mains sans aucune retenue.

Ses bretelles pendillent le long de ses hanches, ce qui lui donne une allure totalement débraillée qui me plait ! Le voir comme ça me fait un peu assumer mes pieds non chaussés, et mes cheveux tout décoiffés.

Soudain…toujours en silence…il avance d'un pas vers moi.

Mes mains deviennent moites, et mon pouls s'accélère. Je n'ose dire un mot, car je suis sûre que ma voix trahirait mon excitation.

Je tente un pas vers lui.

Nous ne sommes qu'à quelques centimètres l'un de l'autre.

Il fait un autre pas vers moi.

Je me dis que s'il ne se passe pas quelque chose très

vite, je vais bientôt laisser mes sentiments prendre complètement le contrôle de mon corps.

Et c'est avec une douceur folle, qu'il place délicatement ses grandes mains aux deux extrémités de mon visage. Il pose son front tout contre le mien, ce qui me donne tout le loisir d'inhaler son souffle, pour imprégner mes cinq sens de ce moment unique dans une vie. Comme si rien n'avait jamais compté avant cette seconde. Pourtant, D. m'en est témoin, ce n'est certainement pas la première bouche que je m'apprête à embrasser, mais avec lui, TOUT est différent. Je suis différente.

C'est soulagée que je pense naïvement qu'il va mettre fin à mon supplice en m'embrassant, mais à la dernière seconde, il se rétracte ! Ses lèvres ne font que frôler les miennes. S'il voulait que je meure de frustration, il ne pourrait pas mieux s'y prendre ! Je n'ai pas le temps de protester, que Mathieu fait glisser sa bouche jusqu'à mon oreille, pour me chuchoter à l'oreille, d'une voix grave et basse :

– Je vous aime, Margot. Je vous aime éperdument depuis la première seconde où je vous ai vue.

Ses mots m'envoient dans mon paradis terrestre, en m'ôtant toute notion du temps.

Et lorsque je pense que mon cœur va exploser d'amour, toujours avec autant de finesse, il fait glisser sa main droite le long de mon cou, pour enfin presser ses lèvres contre les miennes.

Il ne m'en faut pas plus pour laisser place à ce que je ressens depuis le départ.

Ayant du mal à me reconnaitre moi-même, je le pousse brutalement sur le lit, pour mieux lui arracher littéralement sa chemise ! Il me faut tout juste quelques secondes, pour faire sauter le reste des boutons.

Je me sens libre, et libérée du poids de faire tout le temps semblant d'être une femme parfaite ! Je prends conscience que toute ma vie a été bâtie sur une illusion ! J'attrape ses cheveux bruns, et l'embrasse comme une possédée, en parfait contraste avec toute la tendresse qu'il m'a donnée quelques secondes auparavant. Je suis à la fois excitée et pressée, tellement j'ai faim de sa peau. Lui en profite pour me dégrafer ma robe, et j'en ai le vertige. Je sais que rien, RIEN ne sera jamais plus pareil après ce moment. L'expression : « perdre ses esprits » prend tout son sens.

Avant lui, je n'ai jamais été éprise de qui que ce soit d'autre. Je veux le dévorer. Je ne peux m'empêcher de comparer les médiocres sensations qu'Olivier me procure lors de nos relations conjugales avec ces baisers que je reçois qui me consument. J'ai le sentiment d'être spectatrice, en attendant que son « train » me roule dessus. Heureusement que le voyage ne dépasse jamais quelques arrêts ! Mais avec mon Mathieu ! Oh mon D. ! Je ne peux m'empêcher de pousser un cri de joie quand mon sauveur se retrouve complètement torse nu.

Le plaisir pour mes yeux est à son comble, ce qui m'encourage à baisser mon corsage, pour rejoindre sa peau. Rien qu'à l'idée, je frissonne de bonheur. Je veux passer le reste de ma vie comme ça, contre lui, sans bouger. Je veux que nous soyons ensemble, que plus rien ne vienne troubler cette osmose, dans laquelle nous virevoltons. Mais brusquement, il s'arrête, pour me regarder avec un air inquiet. Il met sa main sur ma joue droite, et me dit dans un souffle :

— Margot… Margot, mon amour, as-tu conscience de ce que nous nous apprêtons à faire ?

— Plutôt, oui !

— Je veux que tu saches que j'attends ce moment, depuis ce qui me parait être une décennie. Je te le jure sur mon honneur, que je n'ai jamais désiré une femme autant que toi, mais avant, tu dois me dire pourquoi tu es venue. Pourquoi ce soir ? Il a dû se passer quelque chose, c'est ton mari ? Il t'a fait du mal ?

— Tu ne veux pas d'abord que l'on continue ?

— Je te promets, ma princesse, que l'on va y venir, mais explique-moi ce qu'il se passe.

C'est très frustrée, que je me redresse pour tout lui raconter à toute vitesse.

— Mais alors…il faut que tu retournes au plus vite chez toi ! Tu ne peux pas rester une seconde de plus ici, c'est beaucoup trop dangereux !

Je suis déçue et frustrée à fois ! Je veux rétorquer : « Qu'importe nos vies compliquées, tant que nous serons tous les deux sur ce lit, rien d'autre ne compte », mais je me retiens, car je l'entends me dire :

— Ne vas pas te méprendre, Margot, mais je sais exactement ce que tu ressens, car je suis dans le même état que toi. Cela me crève profondément le cœur de te dire ça, mais : je vais devoir te raccompagner. Il le faut !

Et là, pour la deuxième fois de la soirée, à quelques minutes d'intervalle, je ne maitrise plus mes émotions, je laisse libre cours à ma peur :

— Quoi ? Non, non ! Pas du tout ! Je ne veux pas ! JE NE VEUX PLUS JAMAIS Y RETOURNER ! JE VEUX RESTER AVEC TOI ! POUR TOUJOURS ! JE T'EN PRIE, NE M'OBLIGE PAS !

Pour me calmer, il me presse fort contre lui. Puis, il me bloque le visage entre ses mains, pour m'obliger à le regarder droit dans les yeux. Et c'est avec une intensité dans la voix, qu'il prononce ces mots qui resteront gravés dans mon cœur :

— À jamais et pour toujours, nous serons ensemble, Margot. Je t'en fais la promesse solennelle… Néanmoins, je dois m'assurer qu'il ne t'arrive rien, et que tu sois en sécurité. Pour cette nuit !

Il me fait basculer en avant, passe sa main sous ma chevelure, attrape ma nuque, et tire légèrement sur mes cheveux blonds, en finissant par m'embrasser fougueusement.

Il ne m'en faut pas plus pour calmer mes nerfs, et être complètement en extase de bonheur. C'est à mon tour d'interrompre notre étreinte, car une idée folle vient de germer dans mon esprit :

— Et si on s'enfuyait ? On part maintenant, en même temps que…que Ben et sa famille ! On part tous très loin d'ici, pour ne jamais revenir !

— Si tu savais, mon amour, comme j'aimerais t'enlever pour nous mettre à l'abri, et vivre avec toi jusqu'à la fin des temps. Tu m'aimes fort, n'est-ce pas ?

— Comment peux-tu me poser cette question ? Si tu savais comme je t'aime, Mathieu. Je n'ai jamais aimé personne avant toi.

Et il m'embrasse de plus belle, puis, reprenant son souffle, il me dit ce que je voulais entendre :

— Oui, nous allons partir, c'est certain, mais il faut tout d'abord élaborer un plan. C'est plus prudent !

À mon grand regret, il se lève pour prendre une nouvelle chemise de sa commode, qu'il enfile à la hâte. Je constate que je suis déjà en manque de lui. Il doit lire dans mes pensées, car il me sourie et me rassure, en me disant que des moments comme ceux-là, nous allons en vivre des millions. À contre cœur, je me rhabille à mon tour.

Il prend ma main, m'entraine dans les escaliers, et me fait signe de ne pas faire de bruit, afin d'éviter d'attirer l'attention des voisins trop curieux.

Une fois dehors, c'est en courant que nous arrivons dix minutes plus tard devant la porte de service de l'hôtel particulier dans lequel je vis. Je ne veux vraiment pas le quitter, ni retourner au diner, je veux même rebrousser chemin, mais je me raisonne, car Mathieu n'a cessé de me répéter pendant tout le trajet qu'il fallait que je quitte mon mari en faisant bien les choses. Sinon, je pouvais risquer la prison pour abandon de domicile. Pire ! En m'enfuyant, je n'ai pas réalisé que j'allais certainement perdre aussi tout ce que j'avais bâti depuis ces dernières années. Si je veux que nous ayons une chance d'avoir une fin heureuse, malgré l'époque malheureuse dans laquelle nous sommes nés, je dois tout mettre en œuvre pour réussir à faire au mieux.

Vient le moment où je dois quitter Mathieu, et j'en ai mal au ventre, tant il va me manquer. Soudain, il se met à tourner sa tête à toute vitesse, de droite à gauche, et de gauche à droite, pour vérifier que la rue est bien déserte. Puis, me prenant par surprise, il me plaque contre le mur, et me donne un baiser incroyablement bon, à n'en plus savoir où je me trouve, ni comment je m'appelle ! Plus rien n'a d'importance, à part prolonger au maximum cette effusion d'amour. C'est ses lèvres qui se détachent des miennes en premier pour venir me chuchoter :

— Rejoins-moi directement au sous-sol, demain à neuf heures au café. Margot, regarde-moi : mon âme attendait le jour de ta naissance pour commencer à t'aimer ! Je ne suis rien sans toi, car tu es mon tout. Je t'aime plus que tout au monde. Demain neuf heures, d'accord ?

Je veux lui exprimer en écho la profondeur de mes sentiments, mais il devient plus qu'urgent que je retourne à mes invités. La mort dans l'âme, je conclus :

— Oui, à demain.

Je monte chez moi complètement chamboulée, la tête en ébullition. C'est telle une automate que je récupère mes chaussures, qui par chance, sont restées exactement à la même place que tout à l'heure. Heureusement qu'aucun employé ne les a rangées par excès de zèle. Avant de les enfiler, je prends quelques secondes pour frotter mes pieds l'un contre l'autre, pour essayer de les nettoyer du mieux que je peux, afin de ne pas éveiller de soupçons sur mon escapade.

Je dégringole les marches qui mènent jusqu'à la cave, et vais le plus vite possible chercher pas moins de trois bouteilles de notre meilleur champagne. Je retourne directement dans le salon, non sans jeter un coup d'œil à mon aspect général. Le constat n'est pas bon, par conséquent, je prends encore quelques instants pour rajuster ma tenue. Je suis rassurée quand j'entends les voix animées de mes convives toujours installés autour de la table. Je peux facilement deviner la blague qu'est en train de raconter mon mari (je ressens un profond dégoût pour ce statut marital qui nous lie, car il est clair que notre mariage n'est qu'une mascarade. Il est urgent d'y mettre fin !)

Je m'apprête à faire mon entrée, en brandissant les bouteilles en l'air, jouant le rôle de la créature qui veut fêter sa future collaboration avec l'armée allemande…cependant, je me rétracte quand j'entends mon nom dans une conversation en allemand, entre le caporal Zindt, et son voisin de table, qui s'est présenté sous le nom de l'officier Angermüller. Visiblement, ils sont amis, car le caporal l'appelle par son prénom :

— Dis-moi la vérité, Hanki, pourquoi tu es là, ce soir ? Pourquoi as-tu insisté pour te faire inviter ici ? Je sais très bien que ce n'est pas uniquement pour que Marta rencontre Madame Jaluzot. Elle est tellement nationaliste, qu'elle n'achètera jamais rien d'une styliste française.

— Je vais te le dire, par amitié pour toi, mais tout ceci doit rester le plus confidentiel possible.

— Offensichtlich[1] !

— Quelqu'un nous a informés qu'il fallait vérifier l'identité de die frau[2] (la femme en allemand) !

À mesure que j'entends la conversation, mon rythme cardiaque s'accélère. De là où je suis, j'essaye de me calmer, tout en continuant de tendre l'oreille. Le caporal reprend :

— Impossible ! Qui est ton informateur ?

— Ça, même si je le voulais, il me serait impossible de te le dire, mais il semblerait que notre hôtesse soit en réalité une petite menteuse. Nous savons de source sûre qu'elle est eine jüdin[3].

— Oh ! Dis-moi que tu plaisantes ! Allons, je la connais. Elle n'est pas plus juive que toi et moi réunis. Son mari n'aurait jamais pu faire une erreur pareille. Il a toujours montré beaucoup de zèle avec nous ! Il est préférable de mettre un terme à l'investigation la concernant.

---

[1] Évidemment en allemand.
[2] La femme en allemand.
[3] Une juive en allemand.

— C'est trop tard, la Gestapo a ouvert une enquête. Les juifs sont comme des rats. Ils essayent toujours de se faufiler pour mieux nous contaminer. Il est possible que ton ami français ne soit pas au courant de la supercherie de sa femme. C'est mon rôle de m'assurer qu'ils soient éradiqués définitivement de la planète terre !

C'est précisément à cet instant précis que je choisis d'entrer. Je pénètre dans le salon, sans que personne ne semble avoir remarqué mon absence. Masquant ma terrible nervosité, je me fais la réflexion que ce soir, je suis en pleines montagnes russes émotionnelles. Pour donner du crédit à mon rôle créé de toutes pièces par mon instinct de survie, j'y mets tout l'entrain du monde quand je prononce :

— Les voilà, ces champagnes ! Désolée pour l'attente, je ne trouvais plus le tire-bouchon !

Le Duc s'écrie à son tour :

— Ah ! tu es là, ma chérie, j'allais bientôt te faire chercher, tu sais ! Tu aurais dû revenir, il était posé là, juste sur la table !

— Mon D. que je suis bête ! Maintenant, nous avons tout ce qu'il nous faut pour célébrer décemment notre future collaboration, Messieurs ! J'espère faire changer d'avis Marta sur le savoir-faire français. Monsieur, votre verre, je vous prie !

Et là je sais…

Je sais que je viens de me trahir…

Je n'aurais jamais pu savoir que Marta ne comptait pas acheter de créations françaises si je ne comprenais pas l'allemand.

J'essaye de masquer le bruit que font mes genoux, qui

de peur, tremblent sous ma robe. Tout en dévissant le bouchon de la bouteille de champagne, je prie intérieurement pour que ces deux hommes ne soulèvent pas ma bévue qui pourrait me coûter tout bonnement la vie…

Mathieu

Je suis en train de me chausser, quand je crois entendre la voix de Benjamin dans les escaliers. *Je veux aller vérifier si tout va bien*, quand soudain, on frappe à ma porte. D'emblée, j'élimine mon coloc de fortune, qui a peut-être oublié quelque chose, car il y a des mois de cela, je lui ai donné un double de mon trousseau de clefs.

Curieux, j'ouvre la porte, et je reste stupéfait de ma découverte. Je suis tellement surpris que je crois d'abord à un mirage. Mais Margot est bien là, belle et magnifique, comme toujours ! À l'exception que pour la première fois, je peux observer quelques mèches s'échapper de son éternel chignon, toujours coiffé à la perfection.

Je n'ose parler car je ne veux pas briser le spectacle de celle qui hante mes nuits. Savoir le pourquoi du comment elle a frappé à ma porte m'importe peu, car l'important est qu'elle soit venue à moi.

Je ne sais combien de fois j'ai rêvé de ce moment. Je me remémore notre rencontre, quand je l'ai vue si vulnérable, dans la cave, derrière les tonneaux de bière. Elle portait son incroyable robe bleue. Je ne peux m'empêcher de pouffer en repensant à son épouvantable caractère, mais ça, c'était avant !

Depuis le jour le plus noir de sa vie, celui du décès de sa maman et de la perte de son bébé, j'ai pu constater à quel point Margot a changé profondément. Au fil des mois, elle a grandi, et je ne pouvais faire autrement que d'être à sa merci.

Je ne sais même pas à quoi ressemble mon allure ! J'ai

une vague idée de ma chemise déboutonnée, mais qu'importe…ce genre de détails n'avait pas d'importance, dans mon fantasme.

Je continue de la fixer, pour garder en mémoire le regard bleu perçant qu'elle me lance. Je ressens un mélange d'excitation et de peur. La peur qu'elle ne ressente qu'une très forte amitié à mon égard. Je suis terrifié à l'idée de devoir garder pour moi cet amour puissant que je contenais jusqu'à maintenant pour elle, pour ne pas la troubler dans sa vie déjà bien compliquée.

Je ne sais combien de fois j'ai voulu me dévoiler, mais à la dernière seconde, je me raisonnais en me répétant que je n'étais qu'un petit serveur de café, doublé d'un homme de la campagne. Comment pourrait-elle m'aimer en retour, alors que je n'ai rien à lui offrir, si ce n'est un amour inconditionnel qui lui serait entièrement dédié ?

Et puis d'un coup, j'arrête de réfléchir et de douter, pour la simple et bonne raison que tout mon corps la réclame. Je ne peux plus physiquement réfréner mon ardeur. J'ai attendu cette opportunité depuis bien trop longtemps ! Je la dévore du regard : ses yeux, son nez, son sourire, ses lèvres. Oh mon D. ! Ses lèvres, je voudrais les embrasser jusqu'à la fin de ma vie.

Je nous trouve trop loin l'un de l'autre.

Je me risque à avancer d'un pas.

Mon cœur s'affole dans ma poitrine, quand elle se décide à avancer d'un pas à son tour.

Nous ne sommes plus qu'à quelques centimètres, toutefois, je nous trouve encore trop loin.

Je fais un autre pas vers elle, jusqu'à ne plus pouvoir résister au désir brûlant de la faire mienne. J'essaye de ne pas écouter la voix insolente dans ma tête, qui me hurle qu'étant mariée à un autre, elle ne m'appartiendra jamais !

Je la fais taire, et essaye de me convaincre que nous avons tous droit à une seconde chance. Si Margot est là, ce soir, sur le pas de ma porte, c'est que cette nouvelle chance s'offre peut-être à moi.

Alors, en me perdant dans son regard, je prends son doux visage entre mes mains, pour sentir cette trop forte tension qui émane de nos deux corps qui vont se toucher. Je n'ai plus qu'à me pencher vers elle pour l'atteindre, mais avant, je veux qu'elle soit pleinement consciente de ce que je ressens pour elle. Je ne vois pas meilleur moment pour le faire. Des tas de fois, lorsqu'elle dessinait ses croquis, je voulais lui prendre son crayon des mains, pour lui griffonner sur son carnet, ces mots que je m'apprête à lui murmurer au creux de son oreille :

– Je vous aime, Margot. Je vous aime éperdument, depuis la première seconde où je vous ai vue.

Avec une sensualité folle, dont je ne me soupçonnais pas capable, je passe mes doigts sur sa bouche, et fais glisser ma main vers son cou pour enfin…enfin, l'étreindre avec toute la passion que j'ai pour elle.

Et tout devient flou, je ne sais plus qui je suis, où j'habite, ni ce que je fais. Je ne contrôle plus rien. Je suis à peine conscient, quand Margot prend l'initiative de me pousser sur le lit, en me gratifiant d'un son guttural. Elle m'arrache ma chemise avec violence, ce qui me fait fondre d'amour. En réponse à sa brutalité, je lui défais son chignon complètement ! Ses cheveux blonds retombent en cascade sur ses épaules. Cette simple image me rend fou. Je l'empoigne à mon tour pour la faire basculer, afin qu'elle soit totalement à moi. Tenir Margot dans mes bras efface le souvenir de toutes les femmes de mon passé, qui paraissent sans intérêt comparées à elle.

Je suis redevenu une page blanche, où seul son corps laissera sur le mien, des traces d'encre indélébiles.

Chaque baiser de sa part est une brûlure que ma chair accepte volontiers. Je me consume d'amour pour ma scandaleuse styliste. Sans elle dans ma vie, mon âme serait vide, et errerait sans but.

En un rien de temps, je me retrouve torse nu. Je la déshabille à mon tour, pour sentir son corps chaud contre le mien, sauf que ma maudite voix interne, que je croyais avoir fait taire pour de bon, revient me hanter par instinct de survie, et m'arrache à ce rêve éveillé que Margot et moi sommes en train de vivre.

Je ne peux la chasser, cette question, qui vient s'imprimer dans mon cerveau :

Pourquoi est-elle venue ce soir frapper à ta porte, Mathieu ? C'est sûrement que quelque chose de grave est arrivé, ou va arriver. Je me dois de lui poser la question, même si interrompre ce que nous sommes prêts à commencer relève de l'héroïsme.

Elle me fait un rapide topo de la situation. Plus elle me raconte son récit, plus elle m'impressionne par son courage ! Tout quitter, risquer sa peau, pour aller sauver les Weil, me rend encore plus fou d'amour, bien que je le sois déjà. Néanmoins, je sais qu'elle court un grave danger, et c'est à moi d'assurer sa sécurité.

Cela me fend le cœur, de la voir aussi bouleversée à

l'idée que je la ramène chez elle, mais nous n'avons pas le choix pour le moment. Pour que nous ayons une chance de préparer notre fuite, il faut que nous élaborions un plan construit et réfléchi. En éliminant le plus de risques possibles.

À la hâte, nous nous rhabillons, et j'évite son regard, de peur de ne pouvoir lui résister. Très vite, nous regagnons le bas de son immeuble. Je lui fais promettre de me rejoindre le lendemain. Je m'assure de ne pas la laisser partir sans un dernier baiser, pour tenir jusqu'au lendemain.

Sur le chemin du retour, totalement perdu dans ces quelques minutes volées auprès de ma bien-aimée, j'aperçois au loin la silhouette de Benjamin. Je ne peux que constater qu'il a les bras tellement chargés, qu'il manque de s'effondrer à tout moment. Je presse le pas pour lui venir en aide, toujours un peu étourdi par ce trop-plein d'émotions que je viens de vivre ! C'est pour cela que je n'ai pas tout de suite remarqué qu'il était accompagné par…

Bonté Divine ! Cela ne peut pas être possible…

Sans trop réfléchir, je me précipite vers mon ami, qui tient dans ses bras, le petit Henri profondément endormi. Je jette un rapide coup d'œil à la jeune Sophie, qui tient la main de sa mère, dame Camille. L'état de sa robe, et la valise qu'elle tient, me font comprendre que nous sommes tous dans le pétrin.

Pour détendre l'atmosphère clairement lourde de la nuit, je m'adresse à elle en faisant une sorte de révérence :

— Madame Marivaux, mes hommages. Ravi de vous revoir. Quelle charmante soirée pour se promener.

— Bonsoir, Mathieu. Dorénavant, il n'y a plus de

Madame Marivaux qui tienne. Je préfère que tu m'appelles Camille.

Je suis sur le point de répondre quelque chose, quand sa fille nous prend de cours à tous les deux, et nous dit :

— Et moi, personne ne me dit bonsoir ?

— Mais bien sûr que oui ! Bonsoir, jolie jeune fille.

— Moi, c'est Sophie. On va où ?

Benjamin nous demande de presser le pas, pour rejoindre le plus rapidement possible la maison de ses parents, en prenant soin de ne pas trop nous faire remarquer.

Je n'ai aucune idée que dans quelques heures, je vais devoir faire preuve de tout le courage dont je dispose, pour trouver la force de faire mes adieux à mon ami, car je n'ai aucune garantie qu'un jour je pourrai le revoir.

Chapitre 8

Benjamin

Je suis dans la cuisine, en compagnie de mes parents. Cela fait plus d'une heure que j'essaye de les convaincre de partir avec moi, même si je sais que c'est une cause perdue d'avance.

— Maman, je l'aime, et rien de ce que tu diras ne me fera changer d'avis.

— Mon fils, mon garçon, je t'en prie, écoute ta mère ! Sois raisonnable ! Tu sais bien que j'ai beaucoup de respect pour ces gens de la haute ! Néanmoins, tu ne peux pas tout sacrifier pour cette femme. Qui plus est, elle n'est pas juive ! As-tu pensé à tout le mal que vous allez faire à son mari, lorsqu'il va découvrir qu'en pleine nuit, sa femme s'est enfuie avec ses petits ?

— Ne t'en fais pas pour lui, va ! De là où il est, cela ne changera rien, de toute façon.

— Je m'en fais surtout pour toi ! S'il te trouve, il va vouloir te tuer.

— Tu dramatises, comme toujours, maman !

– Non, je ne dramatise pas ! Tu vas me rendre folle ! Tu ne comprends pas que notre sort à nous, les juifs, est déjà mis à mal dans ce pays. Si nous voulons avoir une chance de traverser la guerre et rester sains et saufs, il faut se faire le plus discret possible !

– En se planquant comme des rats ! Alors que nous n'avons rien fait de mal ! Je refuse de me plier à ces nouvelles lois qu'on nous impose, ou d'avoir honte de quoi que ce soit, car nous n'avons rien à nous reprocher ! Surtout toi, maman. Tu as toujours été une femme exemplaire, une travailleuse acharnée !

– Alors pourquoi tu ne portes pas ton étoile jaune fièrement, monsieur le rebelle ?

– PARCE QUE C'EST UN PIÈGE, ET QUE VOUS ÊTES BIEN TROP NAÏFS POUR LE VOIR !

Ils peuvent bien continuer tous les deux à me faire la morale pendant des heures, cela m'est bien égal ! Rien ne me fera changer d'avis. Dès que Margot m'a informée de ce qu'il se tramait, j'ai immédiatement pris la décision de partir. Comme à son habitude, papa n'a pas décroché un mot depuis le début de la discussion. Il a laissé parler maman en premier, et depuis, il ne fait qu'éponger son front plein de sueur. Cela lui arrive souvent quand il se trouve dans une situation de grande anxiété. C'est pour cette raison que je suis surpris lorsqu'à son tour, il prend part au débat, en essayant de me raisonner :

– Chut ! Baisse d'un ton, mon fils ! Qu'est qui t'arrive ? Tu as perdu la tête ? Si tu voulais que tous les voisins soient au courant de nos conversations privées, tu ne t'y serais pas mieux pris ! Je ne suis pas du tout d'accord avec toi, quand tu parles de piège. Je ne vois pas les choses de cette manière, nous sommes français, Benjamin ! Français, avant d'être juifs !

— Foutaises !

— Tais-toi ! Ton grand-père a fait la Grande Guerre. Il a combattu dans les tranchées pour défendre notre pays ! Tu crois que son dévouement ne vaut rien, aux yeux de notre gouvernement ? En revanche, toi, mon fils, tu devrais écouter ta mère, et ramener cette femme mariée avec ses jeunes enfants chez elle. Ce n'était pas une bonne idée, de la faire venir ici. Il faut que tu partes avant que son mari ne découvre que tu es celui qui a volé sa femme. Je tremble en m'imaginant sa réaction, qui sera légitime, quand il saura ce que tu as fait.

Serrant les poings, j'attends patiemment que papa finisse sa tirade. Je ne veux pas l'interrompre, de peur de me trahir, en les mettant au courant de la misérable situation de Camille. Moins ils en savent, mieux c'est. Mon seul objectif est de les convaincre de venir à la gare avec nous :

— Vous avez fini, tous les deux ? Je peux en placer une, maintenant ? Si je vous dis de ne pas vous en faire pour monsieur Marivaux, c'est qu'il ne faut pas vous inquiéter. J'ai la désagréable impression que vous ne m'écoutez pas. Laissez Camille de côté pour le moment, et réfléchissez aux informations que Margot m'a transmises un peu plus tôt dans la soirée. Notre cher gouvernement, comme vous dites, a passé un accord avec les allemands, pour leur livrer le plus de juifs possible. Je ne veux même pas imaginer ce qu'ils vont faire de nous. Des rumeurs circulent qu'il se passe des choses effroyables en Pologne, et un peu partout en Allemagne. La meilleure chose à faire, c'est d'agir en s'enfuyant, et vite.

— Et moi, je refuse de me laisser aller à la paranoïa générale, et de croire que le gouvernement de Vichy ira jusque-là ! C'est le devoir de la France de nous protéger, après tout !

Je sais d'avance que mes mots ne feront jamais le poids face aux convictions de mes parents. Lucide, je tente une dernière fois de leur ouvrir les yeux :

— Parlons-en, de ta France ! Avec Pétain et Laval pour nous gouverner ! Avec eux aux commandes, on est bon pour aller tous au bûcher ! Bon, le temps presse ! Je vais vous le demander une dernière fois : papa, maman, êtes-vous prêts à partir avec Camille, ses enfants, Sarah, Tsiporah et moi, pour échapper à ce qui pend à nos nez de juifs ?

Sans que je comprenne, papa se met en colère comme jamais, en tapant du poing sur la table, et en criant :

— JAMAIS JE NE PARTIRAI, TU M'ENTENDS ? C'est chez moi, ici ! Personne ne pourra me mettre à la porte ! Qu'ils essayent, pour voir !

— Papa, sans te manquer de respect, ton raisonnement est tout simplement … affligeant.

— Ça suffit, Benjamin ! Ton manque de respect va trop loin !

Je n'ai même pas le temps de répondre, que maman se tourne vers moi :

— Je suis désolée, mon fils. Une part de moi pense que tu as raison, mais je ne peux pas abandonner ton père tout seul ici.

— Ben, je suis le chef de cette famille, et sais toujours ce qui est bon pour nous ! C'est mon rôle, de vous protéger. Combien de fois vous ai-je prouvé qu'il fallait me faire confiance ?

— Pas cette fois-ci papa…pas cette fois-ci…

Dans une dernière supplication, je leur demande de me laisser prendre les filles :

— Et une fois arrivé en Suisse, que comptes-tu faire d'elles ?

— Je les ferai passer pour des couturières de Margot, et après, on se débrouillera. Je vous en prie, confiez-les-moi, je m'en occuperai bien.

— Elles sont trop jeunes ! Leur place est auprès de nous. Toi, tu es majeur, tu décides de ta vie, mais Sarah et Tsiporah restent avec nous ! Un point c'est tout !

Plus je les implore, plus je suis totalement désemparé par leur détermination à ne pas voir la réalité en face. Et puis d'un coup, mon âme de juif qui est restée en sommeil depuis ces dix dernières années, se met à implorer D. En étant convaincu du pire, je mets carrément mes genoux à même le sol, pour les supplier de me suivre jusqu'à Annemasse. Je leur promets encore et encore de m'occuper de tout, une fois sur place. Hélas, ils restent cramponnés à ce qu'ils croient…

Il faut bien que j'admette que nous sommes dans une impasse qui va sûrement leur couter la vie.

Dans un ruisseau de larmes, je me relève du sol, et j'ai besoin d'étreindre mes parents comme jamais. Au fond de nous, nous savons que ce sont peut-être les derniers instants que nous passons ensemble, avant un long, un très long moment. La seule chose qui me reste à faire avant de prendre ma valise, est de leur dire au revoir pour de bon.

Camille

Pendant la conversation houleuse entre Benjamin et ses parents dans la cuisine, je reste assise sur le canapé, sans bouger. Juste après que Madame Weil nous ait fait un thé, Sophie et Henri se sont écroulés de fatigue sur mes genoux. Depuis, j'essaye de caler ma respiration à la leur, pour me donner la force de sortir de ce cauchemar que je vis éveillée. Mathieu est présent lui aussi, il attend que Ben nous énonce ce que nous allons faire. Je constate que son visage rayonne de bonheur. Ce qui fait assez contraste avec le mien, qui vient de vivre l'horreur.

Je connais aussi ce regard pétillant qui l'anime, puisque c'est le même que j'arbore depuis que Benjamin est entré dans ma vie. Je sais que le temps presse, et que ma situation est des plus catastrophiques, mais je fais entièrement confiance à l'homme que j'aime, qui a promis de m'aider à sortir de ce monstrueux pétrin dans lequel je suis.

Si la situation avait été différente, j'aurais volontiers échangé quelques mots de politesse avec Mathieu, mais les images terrifiantes de la soirée reviennent en boucle dans mon esprit. Elles défilent sans interruption devant mes yeux, sans que je puisse y mettre fin. Un peu comme ces projections cinématographiques que Philipe m'emmenait voir parfois.

On peut y voir du sang, du sang, et encore du sang.

Ce qui m'a le plus choquée, ce n'est pas tant d'avoir trouvé Philippe nu dans son bain, avec une balle qui avait perforé son cerveau. Ni ses bras ballants de chaque côté de la baignoire.

Non.

Non.

Ce n'est pas cela.

Ce qui m'a le plus dérangée, c'est la quantité d'éclaboussures de sang qui avaient explosé sur tout le carrelage de la salle de bain.

Ma seule pensée, absolument ridicule, est pour Françoise, notre femme de chambre. Comme tous les jours, elle arrivera à sept heures du matin. Elle ouvrira la porte de service avec sa clef. Ensuite, elle posera ses affaires dans le vestibule, et ira nouer son tablier blanc autour de ses hanches, que la veille, elle a pris soin de laisser accroché. Il ne lui faudra pas plus de cinq minutes pour découvrir que les enfants et moi sommes partis, et c'est horrifiée qu'elle trouvera son patron, Monsieur Philippe Alexandre Henri Marivaux IIIème de son nom, mort. Complètement mort, et très certainement vidé de tout son sang. Entre deux sanglots, elle appellera la police pour leur expliquer la situation. Elle reposera le combiné, remplira son sot d'eau chaude, qu'elle mélangera avec un détergent dont seule Françoise a le secret.

Elle réajustera son uniforme, et se mettra à la tâche. Elle aura un mal fou à faire disparaitre tout le sang, qui aura eu le temps de sécher pendant la nuit, mais elle y arrivera, car quand Françoise a un but, elle s'y tient.

Lorsque les policiers arriveront sur place, et qu'ils constateront que ma bonne a déjà nettoyé de fond en comble la salle du crime, ils seront furieux contre elle ! En moins de vingt-deux minutes, cette femme aura détruit toutes les empreintes qui auraient pu être d'une grande utilité pour l'enquête. Car oui, Monsieur Marivaux père aura donné l'ordre de découvrir au plus vite qui a tué le fils du Général.

Comprenant sa bévue, ma domestique se mettra de nouveau à pleurer, en demandant des pardons à la ronde. L'inspecteur en chef l'interrogera, et soulignera de façon virulente son manque évident de jugeote. Elle se défendra en expliquant que c'est de cette manière que la mère de Monsieur Marivaux l'a formée, en lui répétant jusqu'à six fois par jour :

« Jamais de tâches, Françoise. Jamais ! »

Un autre élément que je n'arrive pas à chasser de ma mémoire, est le bruit sourd de la balle qui a été nécessaire pour tuer mon mari. En un coup, c'était fini ! De là où je me trouvais, j'avais tout entendu. Vers vingt-deux heures, je m'étais assise sur le grand fauteuil du petit salon. En chemise de nuit et robe de chambre, j'étais plongée dans le bouquin de **Céline** : « Voyage au bout de la nuit ». Bien que je n'aime pas l'auteur, qui est beaucoup trop antisémite à mon goût, j'étais fascinée par sa plume, qui ne laisse personne indifférent.

Près de dix minutes plus tard, j'ai entendu un très net coup de feu. Je me suis précipitée pour aller voir ce qui se passait. J'avais à peine eu le temps de voir une silhouette de dos s'enfuir par la porte de service. J'avais accouru à la salle d'eau pour vérifier si Philippe allait bien. En le découvrant la bouche et les yeux grands ouverts, j'aurais aimé pouvoir hurler. Hurler de toutes mes forces. Mais hélas, aucun son n'avait pu sortir de ma gorge éduquée.

Je m'étais autorisée seulement le geste de porter ma main à ma bouche, pour étouffer mon cri silencieux. Face à ce carnage visuel, ma réaction pourrait paraître quelque peu surprenante, voir totalement dénuée d'émotions, alors que c'était tout le contraire.

Cela fait tout de même six ans que je suis mariée à cet homme. Mon éducation sévère chez les bonnes sœurs m'a interdit d'exprimer à voix haute le moindre sentiment. Sœur Laurence m'a laissé assez de traces de brûlures de cigarettes sur le dos, pour que je me souvienne que rire trop fort avec une amie en pleine classe, n'est pas digne d'une future femme du monde :

« Mademoiselle Martin, tout n'est qu'une question de contrôle ! »

Comme quoi, l'apprentissage des bonnes manières reste gravé pour toujours, même en grandissant.

Tel un ange envoyé du ciel, Benjamin avait sonné à ma porte, alors que cela faisait des semaines que j'avais mis fin à notre romance. En voyant mon visage, il a tout de suite compris que quelque chose de grave était arrivé. Je lui avais juste montré du doigt la salle de bain. Il s'y était précipité, pour en ressortir et aller directement dans ma chambre. Il en était revenu avec une poignée de robes et une grosse valise, en prenant le strict nécessaire. Je n'ai même pas eu la force de vérifier son contenu, pour les enfants et moi.

Je l'avais vu revenir avec Henri dans les bras, et Sophie qui se frottait le visage. On lui avait dit d'une même voix qu'on allait faire un petit tour et D. merci, elle n'avait pas posé de questions.

Je me rassure en me répétant en boucle que ce cauchemar va bientôt prendre fin une fois loin de ma rue, loin de mon quartier, loin de Paris. Je prie pour que les souvenirs de cette nuit s'atténuent avec le temps. Du moins, je le souhaite de toutes mes forces !

Je suis en train de me frotter les épaules pour me réchauffer des frissons d'effroi qui me parcourent le corps, quand Benjamin, les yeux rouges, émerge de la cuisine, en me disant sans me ménager :

— Nous partons. Tu vas devoir te changer, ta robe est tachée de sang. Prends-en une de la valise. Nous allons nous faire passer pour des employés de chez Colette. Il va falloir réveiller les enfants. Tu vas leur demander de ne rien dire à personne sans aucun prétexte.

— Très bien, mais Benjamin, je vous ai entendus crier tout à l'heure, et si j'étais à la place de tes parents, j'en aurais fait autant ! Es-tu certain de vouloir t'embarquer avec moi dans toute cette affaire ?

— Tout à fait sûr. Ne perdons pas de temps, si nous voulons prendre le prochain train pour Annemasse, nous devons partir dans les quinze prochaines minutes. Mathieu ?

— Oui ?

— Je te confie ma famille, composée de gens extrêmement têtus ! Promets-moi que tu veilleras sur eux.

— Je te le jure, je ferai tout ce qui est en mon pouvoir pour les protéger.

— Merci, mon frère. Allons réunir quelques affaires.

Sur le départ, c'est très ému que les deux amis se serrent fort dans les bras, non pas comme deux hommes qui se connaissent depuis quelques années, mais réellement comme deux frères qui font partie de la même famille.

N'oublie pas que tu t'appelles Ruth

Chapitre 9

Margot

– Tiens, tiens, tiens, comme c'est étrange. Comment se fait-il Madame Jaluzot, que vous soyez au courant que ma femme n'achète qu'allemand ?

Je suis tétanisée de peur par la question que l'officier Angermüller vient de me poser.

J'en ai la chair de poule, et puis je me mets à chercher jusqu'aux tréfonds de mon cerveau un mensonge totalement fou. N'est-ce pas ce que l'on dit ? Plus le mensonge est gros, et plus la personne y croit. Cela parait impossible d'inventer une chose aussi grossière. Alors, prenant mon air le plus candide, et affichant mon plus beau sourire, je brandis mon verre de champagne, et lui dis :

– Cher Monsieur Angermüller, vous oubliez peut-être qu'avant d'inviter chaque personne à ma table, je me renseigne sur ses goûts et ses tendances. Vous n'allez pas m'en vouloir, d'être une hôtesse parfaite, n'est-ce-pas ? Remarquez, parfois, cela me pose de vrais soucis ! Je connais tout, absolument tout, sur tout le monde, si bien que parfois, j'ai l'impression que si je n'essaye pas d'oublier quelques informations, ma mémoire en sera vite saturée.

L'air sceptique, le regard perçant, jaugeant mes mots, l'officier veut répliquer quelque chose. Heureusement qu'au même moment, mon cher mari, déjà bien chargé en alcool, demande à trinquer :

— Levons nos verres à l'armée allemande ! À la France ! À ma femme ! Et à vous, NOUS ! Allez, buvons cul sec !

Et sans que l'on comprenne ce qu'il se passe sous nos yeux, le Duc, juste après avoir fini son verre d'un trait, s'écroule littéralement par terre.

Oh mon D. ! Il ne cessera donc jamais de me faire honte, celui-là, même si je reconnais qu'il vient de me sortir d'une conversation des plus tendues.

Je me précipite vers Olivier, et constate qu'il ne réagit pas quand je l'appelle. Personne ne pipe mot sauf Marta, la femme de l'officier, qui, totalement affolée, se penche sur mon mari en s'écriant d'un air catégorique :

— Sacrebleu ! J'ai déjà vu un cas comme ça ! Après avoir passé une semaine entière à faire la tournée des grands crus, mon grand-père avait été retrouvé mort sur la chaussée par la police. Après autopsie, on nous avait dit que juste avant de mourir, il était tombé dans un coma éthylique, causé par le trop-plein d'alcool.

Je ne peux m'empêcher de penser très fort qu'au vu de ce qu'Olivier a ingurgité en boissons alcoolisées au fil des années, cela ne m'aurait pas étonnée, si un de ces jours, il mourait d'une cirrhose ou de ce coma auquel Marta fait référence !

Soudain, me vient à l'esprit une pensée sordide : s'il était vraiment mort...

Sainte-Mère-de-la-Baie, je me sens horrifiée de ressentir de la joie à cette simple hypothèse. Je vais vraiment finir par griller pour de bon en enfer, si je ne vais pas me confesser à la première église qui croiserait mon chemin. Il est évident qu'une part de moi déteste mon époux, mais d'un autre côté, je jure devant le Seigneur que je n'ai jamais souhaité la mort de qui que ce soit. Je suis bien trop égocentrique, pour penser à la mort de quelqu'un d'autre que moi !

Je demande à Oscar, notre chauffeur, de venir porter le Duc jusqu'à sa chambre, le temps d'appeler notre médecin de famille.

Je me confonds en excuses auprès de nos invités, car par égard pour le chef de cette maison, je me dois de mettre un terme à notre souper.

J'en rajoute un peu, en faisant croire que je suis trop bouleversée, et inquiète à la fois de l'état de santé de mon mari, pour être de bonne compagnie pour le reste de la soirée. Je surjoue en portant la main à mon visage, et en faisant presque mine de m'effondrer. Dans un mouvement bruyant de chaises, tous se lèvent en même temps, en m'affirmant qu'ils comprennent parfaitement la situation, et qu'il est normal de me laisser. À mon grand soulagement, en moins de dix minutes, tout le monde est dehors.

J'appelle aussitôt le docteur, qui arrive quelques minutes plus tard. Pendant toute la durée de la consultation, Docteur Simon ne cesse de faire des signes de tête, qui sont annonciateurs de mauvaises nouvelles. Il me prie de l'accompagner à l'extérieur de la chambre. Je me demande pourquoi diable il refuse de me parler en présence d'Olivier, qui est toujours inconscient :

— Des études prouvent que même si le patient se trouve dans un coma, cela ne l'empêche pas d'avoir la faculté de tout entendre, Madame Jaluzot.

— Oui, mais va-t-il s'en remettre rapidement ?

— Cette nuit sera déterminante, je ne peux me prononcer. Le mieux serait que dès demain, il soit amené à l'hôpital de la Pitié-Salpêtrière. Je connais un professeur là-bas, un spécialiste, qui saura faire ce qu'il faut pour que votre mari se réveille au plus vite, s'il ne se réveille pas de lui-même. Il vaut mieux qu'il reste sous surveillance, et que vous…

Je suis loin, trop loin dans ma tête, pour écouter un mot de plus de ce que le médecin me raconte. Je n'avais jamais envisagé qu'une chose pareille puisse arriver au Duc. Lui, qui a toujours montré une santé de fer à toute épreuve, et cela, quelles que soient les saisons. Je n'arrive tout simplement pas à le croire. Il y a à peine une demi-heure, il était là, à lever son verre, et puis la seconde d'après, le voilà quelque part entre le monde d'en bas et celui d'en haut…

Par politesse, je fais mine d'écouter attentivement les diverses recommandations du Docteur Simon, même si je n'arrive pas à rassembler mes idées. Je le raccompagne jusqu'à la porte, et juste avant de partir, il me donne des petits cachets pour faire face à la situation :

— Au cas où votre inquiétude vous empêche de trouver le sommeil.

Je prends les comprimés qu'il me met dans la main, et les pose sur la console de l'entrée. Je sais qu'il a raison, et qu'il est raisonnable de les avaler, pour ne plus penser à rien jusqu'au lendemain. Surtout qu'Oscar m'a assuré que je pouvais aller me coucher sans crainte, car il m'a promis qu'il viendrait me réveiller s'il se passait quoi que ce soit pendant la nuit.

Rassurée, je prends la chambre d'amis, attenante au bureau du Duc, pour dormir. Après réflexion, je préfère m'abstenir de prendre les cachets.

Cependant, en plein milieu de la nuit, ma conscience de femme mariée me demande d'aller jeter un coup d'œil à l'étage, pour m'assurer que le Duc respire toujours. Sauf que je sens tout de suite que quelque chose cloche.

En passant près de la console, je découvre que les tranquillisants que Docteur Simon m'a prescrits ont disparu ! Je m'arrête pour les chercher, et m'assurer qu'ils n'ont tout simplement pas glissé, ni roulé sous le meuble…mais non. Je fouille tout le périmètre autour de la console, aucune trace de mes pilules…

Prudemment, je monte les escaliers, et me dirige vers notre chambre conjugale. Une fois devant, très doucement, j'entrouvre la porte. Ce qui me saute aux yeux, c'est qu'Oscar n'est plus là, la chaise près du lit est vide. C'est étrange, car jamais notre chauffeur ne m'a trahie ou désobéi depuis que je le connais. Ce qui me rassure, c'est que je vois dans la pénombre le corps de mon époux se soulever sous les draps au rythme de sa respiration. J'aurais pu aller me recoucher si juste avant de renfermer la porte derrière moi, je n'avais pas été surprise par un énorme ronflement provenant du lit…

Olivier n'a jamais ronflé.

Prudente et intriguée, je rebrousse chemin et me poste de nouveau devant le lit, sauf que cette fois-ci, je tire sans ménagement les couvertures, pour découvrir non pas le Jaluzot, mais… Oscar !

Tous mes sens sont en alerte ! J'essaye de réveiller

l'homme qui ne devrait pas être dans ce lit, mais en vain. Pour seule réponse, je n'ai que des ronflements sonores…

Mon instinct me pousse à fouiller la chambre, puis toutes les pièces de l'étage ! Hélas, je dois me rendre à l'évidence, Olivier a bel et bien disparu. Je cours dans la chambre d'amis pour me rhabiller à la hâte, car avant d'ameuter tous nos employés, je suis déterminée à retrouver mon mari coûte que coûte, car je suis sûre qu'il ne doit pas être loin ! Il était souffrant, limite mourant, quand je l'ai laissé tout à l'heure. Je dois découvrir ce qu'il s'est passé entre le moment où je suis partie me coucher et maintenant, car seulement une heure trente-cinq s'est écoulée !

Et puis, en me recoiffant, j'entends un très léger bruit venant de la pièce dédiée au bureau. Je laisse tomber ma coiffe, et m'y précipite, mais en ouvrant la porte, je ne vois personne. Bon sang ! Je ne suis pas folle, quand même ! J'ai bien entendu un bruit !

En balayant la pièce des yeux, soudainement, mon regard est attiré par un livre qui est mal rangé dans la bibliothèque. C'est curieux que personne ne l'ait remis en place, car tout le monde sait que le Duc est particulièrement pointilleux sur le rangement des livres au millimètre près.

Je ne sais combien de fois il s'est plaint que Monica ne faisait pas bien son travail. Sans me poser de questions, je prends le livre en question pour le remettre en place, sauf que soudain, j'entends un clic…

Saint-François d'Assise !

Je dois me pincer très fort pour être certaine que je ne rêve pas. Le mur de la bibliothèque pivote très légèrement sur le côté…

Je découvre avec stupeur un passage secret à peine visible, tant il est étroit. Poussée par ma curiosité et la soif de comprendre, sans me poser plus de questions, je me faufile à l'intérieur.

Je dévale les escaliers raides qui n'en finissent pas. Pendant tout ce trajet, je perds complètement la notion du temps et des kilomètres parcourus.

Au bout d'un temps interminable, je repère une porte en bois qui me semble extrêmement lourde et ancienne. Je la pousse de toutes mes forces, et me retrouve dans une rue que je reconnais tout de suite, puisque c'est celle où j'ai grandi. Il me faut quelques secondes à peine pour arriver devant l'immeuble…de mes parents !

Je prends une seconde pour essayer de remettre mes idées en place, car je ne comprends plus rien. J'en ai même des vertiges. Où a disparu Olivier ? Pourquoi ce passage secret mène t-il jusqu'à chez moi ? Et si cela avait un rapport avec mon père ? Non, je ne le pense pas. Mais je vais aller quand même lui en parler. Peut-être qu'il est au courant de quelque chose !

Sur la pointe des pieds, je monte délicatement marche par marche pour ne pas réveiller tout l'immeuble dont les cloisons sont très minces. Je sais pertinemment qu'au troisième étage, la huitième marche grince légèrement. Je pourrais monter ces escaliers les yeux fermés tant je les connais par cœur.

Je suis sur le point de taper à la porte, mais je me retiens au dernier moment, car j'entends que mon père a de la visite. Je n'ai pas trop de mal à coller mon oreille contre la porte d'entrée pour découvrir…

Non !

Cela ne peut tout simplement pas être possible…

C'est la voix du Duc que j'entends à travers la porte. C'est juste impensable ! Cela ne peut pas être vrai !

Je suis très déboussolée par ce que j'entends. Vous imaginez qu'au départ, je me suis levée pour aller vérifier que mon poivrot de mari n'était pas tombé raide mort pendant son sommeil, alors vous comprendrez ma stupeur face à cette découverte. Je suis à deux doigts d'ouvrir la porte à coups de pieds et d'épaule pour leur faire un véritable scandale à tous les deux, mais je me ravise. Si je voulais vraiment tout comprendre, il ne fallait pas agir sur un coup de tête. Je décide de rebrousser chemin, et de prendre les escaliers de secours que j'empruntais durant toute mon adolescence, quand je voulais faire le mur pour rejoindre Camille et les copines. Je prie intérieurement pour que la clé que j'avais planquée à l'époque sous un pot de fleur, y soit toujours. Je fouille, et remercie le ciel quand ma main entre en contact avec ce bout de fer !

Je rebrousse chemin pour me retrouver une nouvelle fois devant la porte d'entrée, et tourne la clé le plus délicatement possible dans la serrure. Aussitôt, je me planque dans l'entrée, et tends l'oreille pour entendre ce que ces deux hommes, qui ne se sont pratiquement jamais parlé, ont à se dire en pleine nuit :

– Monsieur, j'ai enfin les papiers que nous attendions depuis des mois.

– Très bien, Olivier. Pourquoi avoir pris le risque de me les apporter maintenant ? Y a t-il eu un problème ?

– Un petit, oui, que j'ai réglé, si tout se passe comme je l'ai prévu. Mais rien d'inquiétant. Tout est sous contrôle. Mais avant, rassurez-moi, dites-moi que Pierre, André, Claude et Raymond vont bien. Qu'il n'y a pas eu de blessés.

– Un seul blessé.

– Qui ?

– Claude.

– C'est grave ?

– Plutôt, mais ne t'en fais pas, c'est un dur à cuir ! Emma s'est tout de suite occupée de lui. Elle lui a extrait les obus qui s'étaient logés dans l'artère de sa jambe. Il a souffert, mais au moins, elle a sauvé sa jambe.

Je ne peux m'empêcher de penser très fort : Emma ? Hanches développées ? Que vient faire ma première couturière dans cette histoire ?

– Je suis si fière d'eux ! Mais pour le pont ? A t-il été bien détruit comme prévu ?

– Oui, mais le plus beau, c'est que nous en avons eu huit d'un coup !

– Huit d'un coup ! Je vais pleurer de joie !

– Et toi ? As-tu pu vérifier les informations que je t'avais demandées ?

– Affirmatif ! Une rafle va bien avoir lieu sous peu, c'est imminent ! Apparemment cela va se dérouler au Vélodrome d'hiver, dans le 15ème arrondissement, rue Nélaton. On parle de plus de treize mille noms. Monsieur, il est grand temps de passer au plan B-675.

– Oui. Reste à savoir si Margot se doute de quelque chose.

– Non, je ne pense pas. Toutefois, je me dois de vous relater l'incident qui a eu lieu pendant le dîner.

– Quel incident, Olivier ?

– Rien de grave ! Cependant, j'ai du intervenir de façon radicale

– C'est à dire ?

– Le salopard d'officier a parlé en allemand avec le caporal Zindt, j'ai eu l'impression qu'ils ont réalisé que Margot les comprenait parfaitement.

– Bien sûr qu'elle les a compris parfaitement ! Tu sais bien que ma fille parle allemand, anglais et italien. Sa mère et moi avons tout fait pour qu'elle ait le plus d'atouts possibles dans sa vie.

– Oui bah, vous auriez mieux fait de rajouter un peu de théâtre, aussi ! Parce que j'ai la certitude qu'elle est partie prévenir quelqu'un. Elle était censée chercher des bouteilles de champagne, mais a mis beaucoup trop de temps à revenir. Mais ce n'est pas tout… Par la suite, elle a commis une autre erreur qui a mis la puce à l'oreille très fine de ce fils de pute. Le bâtard Angermüller est réputé pour être un fin limier qui ne lâche jamais sa proie. Ce n'est qu'une question de temps avant qu'il ne découvre votre identité et la sienne.

– Tu estimes que nous avons combien de temps ?

– Pas beaucoup, hélas. J'ai le regret de vous dire qu'il va falloir…fuir, et rapidement !

– Quand ?

– Cette nuit, probablement ! Je vous passe mon pardessus. Vos papiers sont placés dans la doublure. Votre départ pour l'Amérique est prévu pour dix heures. Vous devez prendre la route pour Le Havre maintenant. Une fois sur place, quelqu'un viendra vous chercher pour vous installer là-bas.

– Et pour Margot ?

– Elle vous rejoindra sous peu, je m'en occupe. Je vais faire courir le bruit, que pour sa prochaine collection, elle doit impérativement partir acheter du tissu à travers le monde. Je lui expliquerai tout dans une lettre. Je la ferai revenir une fois que la guerre sera finie, ce qui j'espère le sera pour bientôt.

– Je ne sais pas comment te remercier.

– Ne me remerciez pas. Je ne remplis que les

conditions de notre accord.

— Je sais tout ça, mais sache qu'au-delà de notre accord, tu as toute mon admiration.

Et c'est solennellement que mon père se lève, et prends le Duc dans ses bras pour déclarer à voix haute :

— Olivier Jaluzot, tu es le fils que j'aurais voulu avoir.

Le fils qu'il aurait voulu avoir. Ben voyons ! Ils vont m'entendre, dès que j'arriverai à bouger, car je suis sous le choc de ce que je viens d'entendre. Je n'arrive tout simplement pas à réaliser ce qu'il se passe. Mon monde est en train d'imploser. Les choses auxquelles je croyais dur comme fer, ne sont en réalité qu'une façade. Je ne sais plus quoi penser ni sur mon mari, ni sur mon père. Je suis totalement perdue, j'ai la tête qui va exploser.

Lui qui proclamait à qui voulait l'entendre, qu'il était un collabo de première, quitte à se faire maudire par certains, alors que c'est tout le contraire, en fait ! Ce qui m'échappe, c'est son attitude méprisable à mon égard, et son silence ! Je ne comprends pas pourquoi il ne s'est tout simplement pas confié à moi, sa femme ! Par sa faute, je suis tombée éperdument amoureuse d'un autre homme. Je ressens même une pointe de culpabilité vis à vis de mon écart avec Mathieu.

Il faut que je reprenne des forces, pour sortir de ma cachette, et tirer tout ça au clair. Sauf que je n'en ai pas le temps, car on peut entendre très clairement derrière la porte :

— OUVREZ ! POLICE ! OUVREZ IMMÉDIATEMENT !

N'oublie pas que tu t'appelles Ruth

Chapitre 10

Margot

Je sors de la pénombre dans laquelle j'étais cachée. Je n'ai même pas le temps de réaliser ce qui m'arrive, qu'Olivier se jette sur moi, et plaque sa main contre ma bouche pour me faire taire. Je veux hurler et me débattre, mais je ne fais rien, car je sens qu'il y va de nos vies à tous les trois. À l'aide de son autre main, il fait signe à mon père de ne pas bouger de là où il est. Nous sommes contraints de retenir notre respiration, afin d'éviter le moindre bruit.

Les policiers restent encore quelques minutes en donnant de grands coups à la porte, et hurlent :

« POLICE ! OUVREZ ! OUVREZ IMMÉDIATEMENT ! »

Au bout d'un temps interminable, déduisant qu'il n'y a personne, ils se décident enfin à partir.

Même si tout danger est écarté, nous n'osons toujours pas respirer normalement, ni faire le moindre mouvement, paralysés par la peur qu'ils reviennent. Ce n'est qu'au bout d'un long moment que, d'un coup, mon mari m'empoigne le bras avec force, pour me pousser vers la chambre de mes parents, suivi de près par mon père. Sans me laisser le temps de réagir, le Duc, très en colère, se met à me demander sans ménagement ce que je fiche ici en pleine nuit :

— Je ne me doutais pas que tu étais aussi sotte ! Est-ce que quelqu'un t'a suivie ?

— Non mais quel toupet ! C'est toi qui te permets de poser les questions, en plus ! Tu n'es pas plus alcoolique que moi, tout ça n'était que de la comédie ! Tu m'as prise pour une belle idiote pendant tout ce temps, Jaluzot ! Je ne comprends vraiment pas ton petit jeu minable ! Et toi, papa ? Tu ne t'es jamais dit que je pouvais vous être utile, moi aussi ? J'ai tout compris, vous savez ! Si seulement l'un de vous avait daigné me mettre dans la confidence de vos manigances ! Que lui (en désignant mon époux) soit méfiant envers moi, je peux le comprendre, mais toi, papa, tu me connais beaucoup mieux ! Tu aurais dû me faire confiance !

— Nous voulions simplement te protéger, Margot, dit mon père.

— Me protéger ? Comment crois-tu que je me sens, là tout de suite ? Crois-tu que je me sens protégée, alors que les deux seules personnes qui sont censées le faire n'ont pas arrêté de me mentir ? Tu as bien dû rire de moi lorsque je te confiais les déboires de mon mariage ! Ah ça ! On peut dire que j'ai été une belle imbécile !

— Arrête ça tout de suite, ma fille ! Personne ne s'est jamais moqué de toi. Ta mère et moi t'avons toujours aimée plus que tout.

— Ca suffit ! Tais-toi ! Je me sens assez ridicule comme ça. Crois-tu que je ne sais pas ce qu'il se passe ? Figure-toi que moi aussi, je veux sauver des vies. Mais peu importe, là n'est pas la question. Dites-moi, depuis combien de temps êtes-vous de mèche tous les deux ?

Les deux fuient mon regard et s'obstinent à garder le silence. Je suis prête à rester toute la nuit debout, s'il le faut, afin d'obtenir les réponses que je suis venue chercher. Pour calmer ma rage, je me mets à parcourir la pièce dans tous les sens.

Pour briser le silence pesant, Olivier à son tour prend la parole :

— Je t'expliquerai l'heure venue. Maintenant, tu dois rentrer à la maison, en prenant bien soin que personne ne te voie sortir de l'immeuble. Une fois à la maison, tu auras probablement du mal à trouver le sommeil. Le mieux est que tu prennes deux cachets que tu trouveras dans ton tube de vitamines, près de ta coiffeuse.

— Je comprends tout, maintenant ! C'est toi qui as subtilisé les tranquillisants que le Docteur m'a prescrits ! En plus de ce que je viens de découvrir, j'apprends que tu voulais me droguer ! Mais qui êtes-vous, monsieur ? Je ne vous reconnais pas. Vous n'êtes pas celui que j'ai épousé.

— Tu vas te taire, Margot, et m'écouter, à la fin !

– JE FAIS CE QUE JE VEUX ! PERSONNE NE ME DIT DE ME TAIRE, SURTOUT PAS TOI !

– NON ! Pour une fois, tu vas faire ce qu'on te demande.

Je reste interdite, car ce n'est pas Jaluzot qui vient de me donner cet ordre, mais…mon père ! Jamais au grand jamais il ne m'a parlé de cette manière. Je suis tellement choquée que je ne dis plus rien.

– Voilà qui est mieux ! Écoute, ma petite fille. Comme Olivier te l'a demandé, rentre chez toi. Si tu coopères, nous t'expliquerons tout au moment venu.

– Très bien, puisque je n'ai pas le choix, je rentre.

Je passe devant eux sans me retourner.

Cependant, une fois arrivée devant la porte d'entrée, et la main sur la poignée, je ne peux me résoudre à partir sans rien dire. Alors, je me tourne vers Olivier, qui m'a suivie, pour lui demander :

– Et toi, tu ne viens pas ?

Il réfléchit et avec un rictus de dégoût, il me répond :

– Tss…tss…comme si ma vie t'intéressait, très chère !

– Mais oui, parfaitement ! Bien évidemment, que ta vie m'intéresse. Que vas-tu chercher là ?

– Arrêtons de jouer nos rôles, veux-tu ? Essayons d'être francs l'un envers l'autre, pour une fois. Je pense même que tomber les masques nous fera du bien à tous

160

les deux ! Car avoue que toi non plus, Margot, tu n'as pas été tout à fait honnête avec moi depuis le départ.

— Je ne vois absolument pas de quoi tu parles.

— Menteuse, et hypocrite, en plus ! Vois-tu, ma chère épouse, il n'y a pas que toi qui te sois mariée par intérêt !

— Par intérêt ? Non, mais je rêve !

— Cesse de me mentir ! Je t'ai demandé d'être sincère, cela changera un peu de d'habitude.

— Comment oses-tu être aussi insultant ? Sale petit misérable…

— Ne commence pas à employer des mots qui ne sont pas dignes de toi. À défaut de nous aimer, ayons au moins la décence de nous respecter, car, au cas où tu ne l'aurais pas remarqué, je ne suis pas plus amoureux de toi que toi, tu ne l'es de moi !

Cette dernière phrase prononcée par le Duc, me donne l'impression de recevoir un véritable coup à ma fierté, déjà mise à mal pour ce soir :

— Tu n'es qu'un salopard ! Un fils de chien ! Une ordure de la pire espèce !

— Pourquoi ? N'as-tu pas obtenu ce que tu voulais ? L'atelier, Colette, un nom ? Je pense avoir été suffisamment généreux avec toi ! Tu n'es quand même pas assez naïve pour imaginer que je t'avais aussi offert mon cœur ?

— Pour qui me prends-tu, à la fin ? Je savais que ce n'était pas l'amour passionnel entre nous, mais au moins, j'ai fait en sorte de te respecter. Et puis d'abord, toutes ces choses que tu m'as payées au fil des années, comme tu le dis, j'ai fait suffisamment don de ma personne pour les obtenir.

— Pff ! Don de ta personne ! Mais qu'est-ce qu'il ne faut pas entendre… Je suis certain que l'iceberg qui a percuté le Titanic dégageait plus de chaleur que toi ! Penses-tu qu'avoir des rapports avec une femme aussi frigide que toi, était un salaire convenable pour un homme comme moi ? Laisse-moi rire ! Et puisque l'heure est à la vérité, je vais te révéler ce qui m'a fait tenir à tes côtés pendant ces années de mariage avec toi.

— « Tenir à mes côtés » ? À ce point-là ?

— Tu n'en as même pas idée, ma pauvre ! Sans l'affection régulière du véritable amour de ma vie, je n'aurais jamais pu te supporter ! Car même si j'aimais bien jouer les alcooliques, en m'aspergeant de boissons alcoolisées chaque fois que nécessaire, je t'avoue qu'à maintes reprises, je ne jouais plus, tant tu m'exaspérais !

Mon D. ! Plus le Duc se dévoile, plus la sensation de recevoir une gifle et de disparaitre sous terre grandit ! Je n'ai jamais été autant humiliée de ma vie.

— Si j'étais aussi horrible que tu le décris, pourquoi m'avoir épousée ? Pourquoi ne pas t'être marié avec ta maitresse ?

— L'épouser a toujours été mon souhait ! Je l'ai aimée depuis le premier jour où mes yeux se sont posés sur elle. Elle était là, parmi ce petit groupe politique de révolutionnaires, qui voulait que la France soit de nouveau une grande nation. Je suis tombé amoureux de cette infirmière, qui a toutes les qualités pour être un grand médecin, une fois que cette maudite guerre sera finie ! Son courage, sa bravoure, ses valeurs, son charme, la rendent encore plus belle chaque jour que D. fait. Notre amour et nos convictions font de nous un couple authentique et solide, que rien ni personne ne pourra séparer. Jamais je n'ai aimé quelqu'un aussi fort qu'elle. Je tiens à elle plus qu'à ma propre vie.

– JALUZOT ! Tu ne réponds toujours pas à ma question. SI TU L'AIMES COMME TU LE PRÉTENDS, POURQUOI NE L'AS-TU PAS ÉPOUSÉE ?

– Mes parents étaient évidemment contre notre union, puisqu'elle se faisait passer pour l'une de nos couturières. Et puis, si je voulais accéder à ma guise à la fortune de la famille, afin de financer nos missions, il fallait que je remplisse une condition : me marier avec une aristocrate, comme toi.

Il prononce cette dernière phrase avec dégoût.

– Eh bien ! Ravie d'avoir pu te rendre service, dis-je, sarcastique.

– Ce n'est pas tout, Margot ! Assurer notre descendance soi-disant noble, avait aussi son importance capitale, non seulement pour mon père, mais aussi pour moi.

– Voyez-vous ça…et pourquoi donc ?

– Emma ne peut pas avoir d'enfants.

Et là, c'est la confession de trop…ma tête se met à tourner dans tous les sens, et je perds connaissance…

Papa, qui était resté dans la chambre pendant que la sainte vérité sortait de la bouche de celui qui est encore mon mari, est venu me porter secours. Il m'a portée sur le lit, jusqu'à ce que je reprenne mes esprits. Quelques minutes plus tard, je trouve le Duc assis près de moi sur le lit de mes parents. Il m'ordonne de manger le carreau de chocolat noir qu'il me propose. Il m'explique qu'il en garde toujours sur lui, car il ne connait rien de plus efficace pour retrouver rapidement des couleurs. Je sens que ce geste anodin, tendre et bienveillant à la fois, nous fait sentir beaucoup plus proches que nous ne l'avons été depuis le début de notre relation. Plus je réfléchis à tout cela, et plus les pièces du puzzle s'emboitent les unes avec les autres, avec une facilité déconcertante. Tout me parait clair comme de l'eau, et soudainement je comprends :

— Ça y est, j'ai compris : « hanches développées » et toi, vous êtes ensemble…

— Oui, et sache qu'elle est au courant que tu l'appelles comme ça ! Ce qui n'est pas très gentil, comme à peu près tout ce qui sort de ta bouche, mon amour !

— Je ne comprends vraiment pas ce que tu lui trouves. Tu me parles de bravoure, de courage, et je ne sais quelles autres qualités encore que tu admires tant chez elle, mais moi je te parle de cuissots, de fesses, et de graisse. Si j'étais aussi épaisse qu'elle, je crois que je me serais suicidée depuis longtemps.

Ma remarque met Olivier très en colère, et je pense très fort que c'est bien fait pour lui :

— Tu ne comprends pas ! C'est exactement pour ce genre de remarques d'une méchanceté et d'une idiotie remarquables, que ton père et moi n'avons jamais pu te parler ! Tu fondes tous tes jugements sur le physique ou l'extérieur d'une personne, mais jamais sur ce qu'elle est réellement !

— C'est faux ! Peut-être qu'avant, oui, mais plus maintenant, parce que figure-toi que j'ai moi aussi de mon côté rencontré quelqu'un qui...

Mais mon mari n'écoute pas un traitre mot de ce que je lui dis ! Il est encore vexé de ma remarque sur sa gourdasse :

— Pour l'avoir vu de très près, je peux t'assurer que le cuissot d'Emma est tout simplement parfait ! Il me plait ! Contrairement au tien, qui est maigre et blanc ! Mais attention ! Peut-être que tu trouveras un autre gars que moi, à qui cela plaira ! Cependant, l'heure n'est plus à nos enfantillages, car il est temps de dire au revoir à ton père... Ruth ! »

RUTH ?

Je suis bouleversée.

Personne ne m'a jamais appelée Ruth !

L'entendre de sa bouche, me rend complètement vulnérable ! Il sait, il sait tout depuis le début. Je n'arrive tout simplement pas à le croire.

Mon père s'avance vers nous et, comme s'il avait compris, me serre fort dans ses bras, et me répète que nous serons très bientôt réunis.

C'est dans un torrent de larmes que je m'accroche à la veste de papa. À travers ces longs sanglots, je fixe une photo de maman, que lui et moi avons prise il y a bien longtemps. Avec tous les évènements de ce soir, cette époque bénie me parait particulièrement lointaine…

Après avoir dit au revoir à papa, et laissé le Duc lui parler des dernières formalités, je me mets en route pour rentrer chez moi, seule ! Je reprends le passage secret qui mène à la bibliothèque par laquelle je suis passée tout à l'heure. Une fois dans notre appartement, je décide de me frictionner le corps à l'eau froide, pour calmer mes nerfs bien à vif.

Plus je ressasse cette histoire, plus je me dis que ce que je suis en train de vivre est de la pure folie, mais après tout, ne vivons-nous pas une décennie totalement anormale ?

Tout en prenant une serviette pour m'enrouler dedans, je repense à mon soi-disant mariage, mon soi-disant mari, mon soi-disant foyer.

Je n'arrive pas à accepter la réalité : Jaluzot s'est autant servi de moi que moi de lui !

Il m'a épousée uniquement pour mon statut social, et pour que je lui donne un enfant ! Honnêtement, pour une belle femme comme moi, cela est très humiliant. Le coup de grâce a été donné lorsqu'il m'a comparée à un iceberg !

Il m'est difficile de croire que mon mari a préféré cette boulotte-bécasse d'Emma à moi ! Monsieur n'a jamais éprouvé le moindre sentiment amoureux à mon égard ! Jaluzot-fils en aime une autre ! Quelle ineptie !

Après tout, moi aussi, j'en aime un autre de tout mon cœur, mais ma démarche est totalement différente, puisque dans mon cas, cela s'est passé pendant notre union, et non avant notre union. Nuance !

Par-dessus la choucroute alsacienne, je découvre qu'en réalité, il joue un double jeu depuis le départ. Il doit être un genre d'espion d'une société secrète, alors que depuis que je le connais, il me fait croire qu'il est le type le plus misérable du monde, à lécher les bottes des allemands à longueur de journée. Tout ceci est très perturbant.

En prenant ma tenue de nuit, je me ravise. De toute façon, j'ai l'esprit beaucoup trop occupé pour aller me coucher. Et il est hors de question que je prenne ces saloperies de cachets.

Je décide de m'habiller pour aller directement à l'atelier, et plonger ma tête dans cette foutue confection d'uniformes.

Cela me forcera à penser à autre chose, surtout pas à ma fierté complètement piétinée par des années de mensonges et de trahison. Il me tarde de raconter les évènements de la nuit à Mathieu. Je suis certaine que lui aussi va avoir du mal à y croire.

Mais j'y pense !

Si je mets de côté mon orgueil, cette situation nous arrange plutôt bien ! Il est clair que nous pourrons vivre notre amour au grand jour sans nous cacher, à condition de régler quelques petits détails avec le Duc.

Plongée dans mes pensées, je m'installe à ma table à dessin, lorsque brusquement, je réalise que ma réaction face aux évènements de la veille est épatante ! Je viens d'apprendre que mon père est sur le point de prendre le bateau pour les Amériques, qu'il va quitter la France. Tout porte à croire, que je ne le verrai pas pendant une durée indéterminée. Ajoutons à cela que l'un des plus grands massacres jamais organisés à Paris va avoir lieu, où je risque moi-même de me faire tuer. Et me voici en train de ressasser des sujets qui n'ont aucune espèce d'importance, face à ce chaos catastrophique dans lequel le monde se trouve actuellement.

Oui mais voilà. Si justement je m'efforce de penser à ce genre de banalités propre à ma petite vie, c'est que quelque part, j'ai décidé de continuer à vivre. Ne dit-on pas : « tant qu'il y a de la vie, il y a de l'espoir » ? Et ça, c'est la plus belle revanche envers tous ceux qui veulent nous tuer, aussi bien physiquement que psychologiquement.

Je me rends compte aussi que c'est la première fois que je m'inclus au sort réservé aux juifs. Si Jaluzot l'a su, d'autres le sauront. C'est pourquoi je décide de me faire une promesse :

Si je sors vivante de cette guerre, je reprends mon prénom d'origine.

C'est certain qu'au début, cela me paraitra bizarre, parce que j'ai toujours été Margot, mais porter ce prénom m'a t-il réussi jusqu'à présent ?

De l'extérieur, on pourrait se dire que ma situation est des plus avantageuses qui soit : « Regardez Margot Jaluzot ! Elle a tout ce qu'elle désire ! » Alors que si l'on creuse, on n'aura aucun mal à se rendre compte que certains aspects de ma vie sont tout bonnement un désastre.

Je médite encore un peu sur cette idée, puis me répète : Ruth, Ruth, Ruth…

Puis l'heure d'aller retrouver mon amoureux (le vrai) arrive plus vite que prévu. À la hâte, j'emporte mon crayon et mon carnet à croquis, que je fais glisser dans ma blouse de travail.

Je ne m'inquiète pas pour mon retard, car le café est juste en face de mon lieu de travail. Je n'ai plus qu'à traverser la grande place. Toutefois, je suis distraite par la foule de gens qui s'est agglutinée dans l'une des rues adjacentes. Je ne peux ignorer les voitures de police, les camions de pompiers, l'ambulance de la Croix-Rouge (je ne saurais dire pourquoi, mais j'ai toujours détesté cette organisation. Peut-être à cause de son insigne ?) Je décide d'aller découvrir rapidement la raison d'une telle agitation. Tout en m'avançant, je découvre l'origine de cet attroupement : il s'est passé quelque chose devant l'immeuble de… Camille ! Saint-Pierre ! J'espère qu'il ne lui est rien arrivé.

Je m'avance davantage vers la foule pour glaner le plus d'informations possibles. Je n'ai pas besoin de faire beaucoup d'efforts pour entendre d'affligeantes bribes de conversation :

— Une véritable boucherie…

— Il parait que c'est la gouvernante qui l'a trouvé ce matin…

— Aucune trace de lutte…

— On pense que c'est sa femme qui a fait le coup, et qui a pris les mômes… Dans quel monde vit-on ? Je vous jure !

— …Comtesse de mes deux, oui !

— Une salope reste une salope, riche ou pas !

— Marcelle, surveille ton langage…

— Je te l'ai toujours dit, que la mère Marivaux était une garce. Toujours à pas causer, quand elle venait chercher son pain…j'espère qu'ils vont la retrouver, et lui trancher la gorge…

— Bien dit ! C'est ce que méritent les meurtrières dans son genre !

Je suis tellement horrifiée par ce que j'entends, que je préfère m'éloigner le plus possible de ces badauds, avant de devenir moi-même une meurtrière. Je ne crois pas une seconde en la culpabilité de Camille, et je compte bien le prouver.

À présent, c'est au petit trot que je cours voir Mathieu pour tout lui raconter.

Le problème, c'est que dès que je le vois en bas de l'escalier, dans son costume noir, j'oublie tout : le Duc, mon père, Camille, Ruth !

Plus rien ni personne n'a d'importance, lorsque vous vous retrouvez dans les bras de l'être que vous aimez.

Avant de nous embrasser éperdument, nous avons pris soin de nous mettre dans un coin du sous-sol, à l'abri des regards indiscrets. J'avale ses baisers avec le sentiment que cela pourrait être la dernière fois. Je suis complètement avide de lui, de son odeur, de sa peau, de ses lèvres. Je m'accroche au col de sa chemise, comme si ma vie en dépendait. Brusquement, au-dessus de nous, on entend Monsieur Tavernaux, le propriétaire des lieux, qui cherche Mathieu. C'est avec regret que nous sommes encore une fois obligés de nous détacher l'un de l'autre :

— Je dois y aller, ma beauté. Il faut que tu saches que cette nuit a été très mouvementée pour moi, j'ai beaucoup de choses à te raconter.

— Et moi donc ! La mienne a été très longue aussi.

— Reviens me voir vers midi. En remontant, commande au comptoir ton déjeuner, et je viendrai te l'amener à l'atelier, ainsi, nous pourrons parler. Je t'aime, Margot. Tu es dans toutes mes pensées. Avec un immense regret, je le laisse partir en premier, en lui disant à mon tour combien je l'aime. Très frustrée de la durée beaucoup trop courte de notre entrevue, je décide de lui faire une petite surprise avant de retourner travailler. Je sors une feuille de mon carnet, pour lui dessiner quelque chose, et pour la première fois, je signe : Ruth.

Je prends soin de remonter quelques minutes après lui, afin que personne ne fasse le lien entre Mathieu et moi. Une fois au comptoir, je fais mine de commander, et dès que je vois l'homme à qui j'ai donné les clefs de mon cœur, je glisse discrètement mon « cadeau » dans l'une de ses poches.

Je me mets en route pour l'atelier. Je garde en tête qu'il faut que je me renseigne sur l'affaire de Camille, pour lui venir en aide le plus vite possible. Mais lorsque j'ouvre la porte, une drôle de surprise m'attend : Olivier, frais comme un gardon, les jambes tranquillement posées sur ma table à dessin. Heureusement que mes employés n'arrivent pas avant encore vingt bonnes minutes. Cela nous laisse un moment pour continuer la sérieuse conversation que nous avons eue quelques heures plus tôt :

— Ne te gêne surtout pas ! Fais comme chez toi !

– Je suis chez moi ! Où étais-tu passée ? Cela fait un moment que je suis là à t'attendre.

– J'étais au café d'en face, pour prendre mon petit déjeuner. Comment va mon père ?

– Il va bien. Il est parti ce matin comme prévu.

– Très bien. Que me vaut l'honneur de ta visite ?

– Depuis quand un mari ne peut-il pas venir embrasser sa femme sur son lieu de travail ?

– Ne commence pas !

– Bon, nous avons un problème très urgent à régler.

– Oui, tu as raison. Je viens d'apprendre que Camille a disparu avec ses enfants, et que Philippe…

– … est mort assassiné. Oui, je suis au courant. Je sais aussi que Camille est arrivée saine et sauve aux frontières Suisses avec ses mômes, et en compagnie du garçon Weil.

– Comment est-ce possible que tu sois au courant de ça aussi ? Et puis, qui me prouve que tu ne me racontes pas des mensonges ?

– Serait-on vexée, par hasard ? Grandis un peu, Margot ! Nous sommes en guerre, il est temps que tu te réveilles ! Comme tu as pu le comprendre, je tire les ficelles d'un réseau d'informateurs extrêmement important. Pour survivre, je dois connaitre tout et avant tout le monde, mais ce n'est pas pour t'expliquer qui je suis ou ce que je fais, que je suis venu te parler. Si cela t'intéresse, les nouvelles te concernant ne sont pas bonnes.

— Quelles nouvelles ?

— De source sûre, la police française va débarquer ici cette après-midi, et t'emmener au poste pour un contrôle d'identité. Ce n'est qu'une question d'heures avant que tu n'utilises ton aiguille pour coudre ton étoile jaune sur toutes tes affaires ! Il faut agir, et vite ! Je t'ai apporté une valise pleine de vêtements, car tu vas partir rejoindre ton père, là où je l'ai envoyé. Dans le double fond, tu trouveras un passeport, avec une carte d'identité à ton nouveau nom. Tu vas…

— Oh là ! Doucement, doucement, l'ami… Tu vas beaucoup trop vite. Comment ça, je dois partir ? Je ne pars nulle part !

Je panique littéralement à l'idée de tout laisser, et de ne plus jamais revoir Mathieu.

— Oh que si, tu vas partir ! Tu prends ton chapeau, et tu t'en vas, maintenant ! Sans faire d'histoires. Je dirai à tout le monde que tu es partie dans le sud, pour aller chercher du tissu pour les uniformes et les robes que l'armée allemande t'a commandés. Là-bas, hélas, tu vas te suicider, car tu ne supportais plus d'avoir un mari alcoolique. Ainsi s'achèvera, dans une fin tragique, notre mariage heureux. Juste après que tu seras montée dans la voiture qui t'attend à l'extérieur, je me rendrai au café d'en face pour jouer les poivrots, en demandant du whisky pour noyer mon chagrin d'avoir laissé ma femme partir. Je te donne trois minutes pour ramasser tes petites affaires, et me dire au revoir devant tout le monde sur le trottoir.

— Attends, ce n'est tout simplement pas possible ! J'imagine qu'un « collabo » comme toi ou comme ton père, a le bras assez long pour me sortir de ce pétrin !

— Non, le meurtre de Philippe a quelque peu précipité les choses.

— Précipité quoi ?

— Je n'ai pas le temps de tout t'expliquer, mais fais-moi confiance. Le temps presse. Quand je t'ai épousée, j'ai juré devant le seigneur de te protéger.

— ...et de me chérir et de m'aimer. On ne peut pas dire que tu aies respecté ces deux derniers vœux.

— Certes, mais assurer ta survie, je l'ai aussi juré à...ta mère.

— Maman... Maman aussi était au courant...

— Oui, et figure-toi que toute cette mascarade était son idée à elle ! Elle était même une amie d'enfance de la mère d'Emma ! J'aimerais bien continuer à discuter avec toi, ma femme, mais nous devons y aller. Mon chauffeur, Oscar, t'accompagnera jusqu'au port, et s'assurera que tu montes bien dans le bateau.

— Et si je refuse ?

— Je te trainerai par les cheveux ! Ou mieux ! Ce sera l'occasion de te botter les fesses, j'en ai tellement rêvé.

— Charmant !

— Fais ce que je te dis, si tu veux que nous ayons une chance de te sauver la vie !

Je réfléchis à toute vitesse. J'ai beau me creuser les méninges, je ne peux pas faire autrement que de m'exécuter. Le seul obstacle, est que je ne peux me résoudre à laisser Mathieu.

– Pressons-nous, mon amour !

– Arrête de m'appeler comme ça, c'est agaçant à la fin !

– Parle pour toi ! Tu es l'une des personnes les plus agaçantes que je connaisse… Quoique ces derniers temps, j'arrive à rester un peu plus de trois minutes dans la même pièce que toi. C'est qu'il y a des progrès. Tiens ! Mais j'y pense…est-ce dû à un amant que tu as fait entrer dans ton lit, très chère ? Si c'est le cas, dis-le moi, remercie-le de ma part, et convenablement, je te prie.

– Je te déteste !

– Et moi je t'adore ! Cesse de réfléchir ! Cela ne te va pas. En plus, tu vas avoir des rides avant l'âge, et tu comprends qu'avant ton départ, je voudrais éviter un drame !

Je n'écoute plus Jaluzot et ses piques ! Je n'ai aucun regret à laisser derrière moi ma maison de couture, et tout ce que j'ai bâti. Il est clair à présent que mes priorités ont changé du tout au tout. J'entends ma conscience qui me pousse à saisir ma dernière chance d'être totalement franche avec Olivier, et trouver le courage de lui expliquer que je ne peux pas quitter Mathieu. Lui aussi est amoureux de quelqu'un, il pourrait comprendre !

Mais je n'ai pas réussi à le lui dire. Les larmes commencent à couler, car je ne trouve pas la force de lui avouer que moi aussi, j'ai été infidèle, même si, techniquement parlant, je n'ai rien à me reprocher. Alors, je dois me résoudre à le laisser m'entrainer vers l'extérieur, en jouant le couple modèle.

– Sois plus joyeuse, dit-il. Il faut que cela ait l'air naturel.

Une fois dehors, par sursaut de gratitude, je me jette au cou du Duc en pleurant, qui me serre fort dans ses bras en retour, et je m'entends lui dire :

« Dans une autre vie, nous aurions pu être plus… »

Je me vois monter dans cette saloperie de voiture, qui m'éloigne de mon seul et unique amour, que je ne reverrai probablement jamais…

Mathieu

Quelque part entre cinq heures et cinq heures trente du matin…

C'est le cœur lourd que sur ce quai de gare, j'ai dû dire au revoir à Benjamin et les autres qui l'accompagnaient. Je n'ai aucune envie d'aller travailler. Je me console en me disant que dans quelques heures, je vais voir Margot, ce qui me décide à me laver, et à trouver l'énergie pour aller prendre mon service comme à mon habitude. Alors que j'enfile mon costume de serveur, je sais que sans mon meilleur ami, les choses ne seront plus jamais les mêmes…

De plus, ce matin, il a fallu calmer monsieur Tavernaux, qui était en rogne d'apprendre qu'il lui manquait un serveur à l'appel. Surtout un jour comme aujourd'hui, où le service est particulièrement dense. La nouvelle du meurtre de Monsieur Marivaux a incité les gens du quartier à venir parler autour d'un verre ou d'un petit café. Chaque fois que je surprends une conversation sur le « sujet du jour », je m'efforce de garder un visage dénué de toute expression. Personne ne doit soupçonner que je connais toute l'affaire.

Vers neuf heures du matin, comme prévu, je descends au sous-sol et attends Margot avec impatience. Les minutes passent comme des heures, tant il me tarde de la retrouver pour tout lui raconter. Lorsqu'enfin, ma blonde dévale les escaliers, je suis encore plus fou d'amour pour elle. L'odeur enivrante de ses cheveux et de son corps m'envoie directement dans mon paradis terrestre. Nous avons à peine le temps de nous embrasser, que j'entends mon patron qui me cherche.

À contrecœur, je reprends mon travail. Alors que je suis encore avide de sa bouche, je sens qu'elle glisse un papier dans ma poche. Trop occupé à la regarder s'éloigner, je l'oublie complètement. Je me console comme je peux en me disant que je vais la revoir très vite.

Sauf que…

Une demi-heure plus tard, à ma grande surprise, je vois le Duc Jaluzot entrer dans le café en titubant. C'est bruyamment qu'il va prendre une place au comptoir. Il est à peine neuf-heures quarante du matin, qu'il empeste déjà l'alcool. Pauvre Margot ! Cela devait être un vrai supplice, que de vivre près d'un type pareil. À peine assis, je l'entends hurler à Pierre, un autre serveur :

– À BOIRE ! À BOIRE ! JE VEUX DU WHISKY ! ET QUE ÇA SAUTE !

J'ai pitié de mon collègue, et me charge moi-même de servir cette ordure !

C'est très précisément à ce moment que je me rappelle que je n'ai pas encore lu le mot que Margot a glissé dans ma poche. Me mettant derrière le comptoir, je le sors et le déplie pour y lire :

« Je t'aime Mathieu, je suis tienne à jamais. RUTH. »

Le prénom que je lis me fait sourire. Plusieurs fois, nous en avons parlé, et nous sommes arrivés à la conclusion qu'il vaut mieux ne plus y penser. Je dois interrompre ma réflexion, car je suis interpelé par le Duc qui s'impatiente drôlement, et qui s'est mis à taper sur le bar :

« ÇA VIENT OUI ? ON N'A PAS TOUTE LA JOURNÉE ! BON SANG DE BONSOIR ! À BOIRE ! J'AI LE GOULOT À SEC ! »

À regret, je pose le mot de Margot, et je vais servir les clients, même les plus ignobles ! À peine je lui tends le verre, que le Duc me l'arrache des mains pour le boire d'un coup. Trop occupé à regarder ce spectacle dégoutant, je ne vois pas son autre main attraper au vol mon papier, que j'avais laissé en dessous du comptoir :

– Qu'est-ce que nous avons là ? Voyons voir… Hep ! Pas touche, serveur ! J'ai tous les droits ici, je suis le client et propriétaire ! Vu ta tête, tu ne dois pas être au courant que mon père possède les murs de ces lieux, mon petit ! C'est moi qui décide si je te rends ta feuille ou pas, petit ! Oh ! Si ce n'est pas mignon, cette femme, qui t'écrit qu'elle t'aime. J'en suis presque ému.

Si j'avais pu lui arracher la langue, je l'aurais fait sans hésiter, mais beaucoup de clients sont en train de nous observer. À part contenir ma colère, je ne peux rien faire d'autre. Je serre les poings quand il me demande de lui resservir un autre whisky ! Pendant que je remplis son verre, il me fait savoir qu'il a un besoin pressant.

Je lui indique la direction des toilettes d'un signe de la tête, mais ce bougre crie qu'il veut que je l'y accompagne. Jamais je n'ai ressenti un tel dégoût pour une personne. L'alcool n'excuse pas tout. Je m'y refuse, mais Monsieur Tavernaux m'ordonne de faire ce qu'on me demande sans discuter.

Le Duc prend appui sur moi, et nous nous dirigeons vers les toilettes. Avec un certain sarcasme, je lui dis :

« Après vous, monsieur. »

Et là, je ne comprends plus rien !

À peine la porte refermée derrière nous, et sans transition, il me plaque contre le mur, en me mettant un couteau sous la gorge. Surpris par sa prise, je mets une seconde à réaliser ce qu'il m'arrive. Je tente un coup pour le mettre à terre, mais le salaud me maintient plus fort. Il avance son visage près du mien, et dans un murmure, me dit très calmement :

— Si tu bouges, je te tue, mon bonhomme.

— Qu'est-ce qui vous prend ?

Le Duc me regarde droit dans les yeux sans sourciller :

— C'est toi qui aimes ma femme ?

— Pardon, monsieur ?

— C'est toi, l'amant de ma femme ?

— Pas tout-à-fait !

– Comment ça, « pas tout-à-fait » ? T'es avec elle ou non ? Ne nie pas, je connais par cœur sa foutue écriture. Je reconnais aussi le papier qui vient de son carnet, puisque c'est moi qui passe commande tous les mois pour elle. Alors, réponds, serveur ! Tu l'aimes ou pas ? Parce qu'il est évident que pour Margot, c'est le cas !

– OUI ! Je suis amoureux de votre femme, et je n'en ressens aucune honte ! Si vous l'aviez traitée avec plus d'intérêt, vous auriez pu avoir une chance qu'elle vous aime en retour ! Mais non ! Vous avez été trop bête ! Je ne sais pas ce qui me retient de vous cracher à la figure, vendu, traitre, scélérat, hypo…

Je dois interrompre ma tirade, car Jaluzot part dans un grand rire qui me déconcerte complètement :

– Comment tu t'appelles, petit ?

– Mathieu.

– Alors Mathieu, à part être serveur, c'est quoi tes activités, après le boulot ?

– Quelles activités ?

– Joue pas au plus con avec moi ! Je suis sûr que tu agis sous les ordres de quelqu'un, sinon tu n'aurais pas cette suffisance sur le visage chaque fois que tu me regardes ! Pour qui tu bosses ?

Si tu me mens, je le saurai, et je te tuerai à mains nues.

– Non, ça ne va pas ? Je n'ai pas vendu mon âme aux allemands, comme vous !

– Ha ha ha ! Tout ça est vraiment très drôle. J'en déduis que c'est Margot qui a dû te confier sa véritable identité : Ruth Blum. À part toi, quelqu'un d'autre est-il au courant ? Si c'est le cas, c'est très important que tu me le dises, Mathieu. Je dois le savoir !

— Personne n'est au courant, il n'y a que moi, je vous le jure ! Qu'allez-vous me faire ? Me tuer ? Je n'ai pas peur de vous, vous savez.

— Je vois ça ! Je vais surtout te donner une chance de la retrouver...

— Pardon ?

— Tu m'as bien entendu. Si tu suis mon plan à la lettre, tu as peut-être une chance d'aller la rejoindre, mais il va falloir faire vite.

— Attendez ! Qui me dit que ce n'est pas un piège ?

— C'est un risque à prendre, petit. Mais tu peux aussi me faire confiance. Que décides-tu ?

Il ne me faut pas plus de quinze secondes pour faire mon choix. Le Duc me demande de jouer le jeu, et fait passer mon bras autour de son cou. Il ouvre la porte.

Jaluzot fait semblant de s'effondrer, je le retiens de justesse. Il est clair qu'après la guerre, cet étrange type devra absolument commencer une carrière dans le cinéma, tant il est épatant dans son rôle, qu'il joue à la perfection.

Monsieur Tavernaux nous voit sortir, et me demande de le raccompagner chez lui. En sortant, nous trouvons un chauffeur, qui doit sûrement être l'un de ses hommes. Jaluzot lui demande de foncer jusqu'au port du Havre. Et c'est ainsi qu'une course contre la montre commence sur plus de cent quatre-vingt-dix-sept kilomètres.

Cela me donne le temps de réfléchir sur la personnalité de cet homme que j'ai souvent rêvé de voir mourir. Ces minutes passées ensemble m'ont fait réaliser que j'avais eu tort. Je prie le Seigneur de me pardonner d'avoir péché. Je demande aussi à D. de protéger le Duc, peu importe l'issue de ce voyage. Le chauffeur, du nom de Lucien, me révèle tout : lui et sa bande font partie d'une milice appelée « La Résistance ». Il m'explique avec passion qu'il fait partie d'un groupe clandestin français dirigé par leur chef Olivier, que j'ai eu la chance de croiser, qui a pour but de libérer la France de l'oppression allemande.

Plus j'écoute Lucien, plus je suis fasciné par le mari de ma bien-aimée. Je réalise qu'en d'autres circonstances, nous aurions pu être amis.

Après quelques heures, nous arrivons à destination. Mon chauffeur me serre fort la main, et me demande de prendre soin de Madame Jaluzot. Je veux m'en aller, mais il m'attrape par la manche pour me dire :

— En arrivant, tu demandes à voir le chef de cabine. Une fois devant lui, tu lui murmures le nom de code « PRINTEMPS », et il te laissera passer sans poser de questions. C'est l'un de nos hommes. Bonne chance, et vivez pour nous, pour la France, pour la liberté !

J'entends résonner la sirène du paquebot qui signale aux passagers son départ imminent. Je cours comme jamais pour rejoindre mon amour.

Je suis à la lettre les instructions que Lucien m'a données. Comme prévu, on me laisse passer, et je me dirige vers le pont avant.

Il ne me faut pas beaucoup de temps pour reconnaitre le dos de celle pour qui je viens de tout quitter : mon travail, Paris, la France, les Weil, papa et Justin.

En m'avançant vers elle, je crois bien que mon cœur va exploser d'impatience. Je me concentre uniquement sur mes mains qui se posent sur ses yeux.

Elle sursaute.

Puis se retourne.

N'arrivant pas à croire que c'est bien moi qui me tiens devant elle, Margot met quelques secondes à comprendre. À vrai dire, moi non plus, je n'y crois pas encore, tant c'est beau.

Je l'attrape, plonge mes mains dans ses cheveux, et l'embrasse fiévreusement avec la promesse que désormais, nous serons toujours ensemble.

C'est ainsi que débutent nos premiers pas vers la liberté. Celle de nous aimer au grand jour sur le sol américain sous le nom de Monsieur et Madame Wilson…

N'oublie pas que tu t'appelles Ruth

Chapitre 11

Duc Olivier Jaluzot

Quelques semaines plus tard…

— Oui, je l'avoue ! C'est moi qui ai tué monsieur Marivaux.

— Pourquoi, « Petit Louis » ? Pourquoi as-tu commis un acte aussi abominable ?

— Je ne vous dirai rien. Ça me regarde !

— Tu vois mon petit gars, le problème, c'est que monsieur Marivaux était quelqu'un qui comptait beaucoup pour moi. Il était le mari de la meilleure amie de ma femme. Donc tu comprends que toute cette affaire me tient particulièrement à cœur. Il vaudrait mieux pour toi que tu te mettes à parler, avant que je ne perde patience.

— Vous êtes quoi ? Une sorte de police parallèle ? Vous n'êtes rien qu'un « fils à papa collabo », tout le monde le sait ! Je ne vous dirai jamais rien.

— Bon, comme tu veux ! Tu ne pourras pas dire que je ne t'ai pas prévenu !

— AAAAAAAH ! Enfoiré ! Vous avez dû me casser la mâchoire !

— Rien de mieux qu'un bon crochet du droit pour faire parler les salopards dans ton genre. Si tu ne nous dis pas tout de suite pourquoi tu as tué Philippe, mes collègues et moi-même nous ferons un plaisir de te faire la peau, canaille !

— Même sous la torture, je ne dirai rien.

— C'est ce qu'on va voir ! Raymond, va me chercher la caisse à outils, mais n'oublie pas le marteau, comme la dernière fois. J'avais dû utiliser la table pour briser les genoux de l'allemand.

— Très bien, très bien ! C'est d'accord, je vais tout vous dire.

— C'est ce qu'on attend de toi depuis tout à l'heure. En plus, comme tu es l'un des employés des Marivaux, tu as réussi à piquer ma curiosité. Je suis très intéressé par tes motivations. Pourquoi l'avoir tué de cette manière ? Il faut avoir un sacré sang-froid pour tirer une balle dans la tête de quelqu'un. Tu devais surement avoir de très bonnes raisons.

Petit Louis se met à trembler de tous ses membres. Les gouttes de sueur perlent le long de son cou. Il est certain qu'il ne va pas tarder à craquer, et à lâcher le morceau qui le ronge depuis cette fameuse nuit. Mettre fin à la vie d'un homme n'est pas aussi facile qu'on le pense. C'est « l'après » le plus dur, quand les nuits deviennent ponctuées de cruelles insomnies, et que la culpabilité est profonde. Il y a aussi l'horreur de la scène qui revient sans cesse hanter le meurtrier, jusqu'à ce qu'il en perde la raison. Petit Louis se dit qu'il vaut mieux en finir et soulager sa conscience…

— J'ai tué Philippe parce que…

— Oui ?

— Eh bien…

— Balance, et vite ! Raymond vient de me ramener le marteau, il me démange la main.

— Très bien ! Je vais vous le dire, mais que va-t-il m'arriver ensuite ?

— T'occupe ! Contente-toi de répondre !

— Il…

— Oui ?

— Il… Il…

À bout de patience, le Duc brandit l'outil pour s'apprêter à briser les os de Petit Louis. In extremis, celui-ci répond :

—   PARCE   QU'IL   COUCHAIT AVEC…avec…avec… Françoise !

— Françoise ? La gouvernante de la famille Marivaux ? Et alors, qu'est-ce que ça pouvait te foutre qu'ils couchaient ensemble, ces deux-là ? C'est pas le premier aristo qui couche avec sa gouvernante. En plus, tout Paris sait que Philippe avait un appétit insatiable en la matière. Quoi que…sauf avec sa femme. Il parait qu'il ne l'a touchée que cinq fois en six ans de mariage, rien que pour avoir des mômes ! C'est dommage, parce que la Camille est un beau brin de fille. Et toi, n'arrête pas de causer pour autant, et dis-moi pourquoi tout ceci te dérangeait au point de le vouloir mort.

— Françoise est…ma sœur.

— Et ?

— Et, je suis son frère.

— Ah oui ! C'est assez logique, comme raisonnement, mais tu peux développer, s'il te plait ? Que je sache, ta sœur est une grande personne. Si ça l'amuse de jouer les putains avec celui qui la paie, ça la regarde, après tout !

— Excepté…

— Excepté quoi ? Tu commences sérieusement à me courir ! Non de D., finis tes phrases, je n'ai pas toute la nuit !

— PHILIPPE ET MOI ÉTIONS AUSSI AMANTS ! Voilà ! Vous êtes content ?

— Ouh là là, que c'est tordu comme histoire ! Ah oui, d'accord, je vois. Alors reprenons depuis le début, que je comprenne bien tout : ta sœur et toi, vous vous tapiez Marivaux en même temps. Mais, tous les trois ensemble ? Ou chacun séparément ?

— Pour qui vous nous prenez ? Philippe et moi vivions une relation passionnelle et amoureuse. Rien à voir avec la chose sordide que vous décrivez.

– Sauf qu'il se tapait ta sœur aussi, et une dizaine d'autres personnes en même temps. Excuse-moi de me poser la question. T'avoueras que ce n'est pas commun, que le frère et la sœur aient le même petit copain. Oh et merde, voilà que tu chiales, maintenant ! Manquait plus que ça ! Raymond ! Ramène-moi un mouchoir, il s'arrête plus de chialer, le gosse ! Comment ça « on n'en a plus » ? C'est notre quartier général ici, on doit bien avoir un truc pour arriver à se moucher correctement, tout de même ! Je n'en sais rien, débrouille-toi ! Du papier par exemple ? Comment ? Même ça, on n'a plus de feuilles ? Mais c'est pas vrai, faut tout faire soi-même. J'avais demandé à Claude de s'en occuper ! Mais comme par hasard il a été blessé, et personne n'a pensé à aller faire les courses. Bref, apporte-moi la nappe de la cuisine, ça fera l'affaire, parce que faut vraiment qu'il se mouche ! Bon, mon petit Louis, faut pas te mettre dans des états pareils. Je ne comprends même pas comment un type aussi émotif que toi a réussi à appuyer sur la détente. Mais j'y pense…comment toi et ta sœur vous êtes-vous rendu compte que Philippe se moquait de vous ?

– Ça été assez simple. Finalement, Françoise et moi avons découvert que nous avions la même maladie vénérienne, et nous avons fait le rapprochement. Je ne l'ai tout simplement pas supporté, car il m'avait dit qu'il m'aimait. J'ai fait la bêtise de le croire…

– Hé oui ! Philippe n'a jamais été quelqu'un de très fidèle ! Ni en amour, ni en amitié, d'ailleurs.

– Maintenant que j'ai avoué, qu'allez-vous faire de moi ?

– Je pense que je vais ranger la boite à outils, parce que je ne vais définitivement pas m'en servir sur toi. Vois-tu, mon petit, aujourd'hui, c'est ton jour de chance.

– Vous n'allez pas me tuer ?

– Non…enfin…pas tout de suite. Hahaha ! Je plaisante. Tu peux recommencer à respirer, je ne te ferai rien. En revanche, j'ai à te proposer quelque chose de beaucoup plus intéressant pour moi. Tu m'as demandé qui j'étais, n'est-ce-pas ?

– Oui. Je me le demande toujours.

– As-tu déjà entendu parler de la Résistance ?

– La Résistance ?

– Oui, mon petit. Notre lutte consiste à amasser le plus de renseignements possible, afin de saboter les opérations militaires des troupes d'occupation allemandes et des forces du régime de Vichy. Notre milice englobe également des aspects plus civils et non-violents, comme la presse clandestine, la diffusion de tracts, la production de faux papiers, l'organisation de manifestations, ainsi que la mise sur pied de multiples filières pour sauver les prisonniers de guerre évadés. Notre action est menée au nom de la liberté de la France et de la dignité humaine ! Et ce, depuis juin 40, lorsque le Général de Gaulle a fait son appel radiophonique, en demandant aux français et françaises se trouvant en territoire anglais, de le rejoindre dans sa lutte. Bien que nous soyons en France, mes hommes et moi-même avons répondu à son appel national avec fierté !

— Monsieur, moi aussi, je veux faire partie de vos activités clandestines.

— À la bonne heure ! C'est ce que je voulais entendre. Mais avant de nous jurer fidélité, et pour soulager ta conscience, qui doit te mener la vie dure en ce moment, tu dois avoir connaissance d'une information cruciale, qui concerne ton « amoureux ».

— Laquelle ?

— En réalité, Marivaux n'était qu'un fils de pute ! C'était un espion-double qui travaillait pour le compte des allemands. Ils l'ont recruté il y a huit mois. Et devine : le soir où tu as eu la bonne idée de le tuer, il s'apprêtait justement à leur remettre des plans très compromettants sur une mission capitale que nous étions en train de mettre sur pied depuis des mois. À l'aide de ses informateurs, il avait ce qu'il fallait pour nous faire tous tomber. Tu nous as évités la torture et la mort. Mon bonhomme, tu nous as rendu un sacré service sans le savoir ! C'est Jean qui m'a dit de m'occuper de toi, et de te proposer de nous rejoindre.

— Jean ?

— Jean Moulin, voyons ! C'est lui qui dirige le conseil national de la Résistance. C'est lui le numéro un, moi je suis en quelque sorte le numéro deux, dans la hiérarchie. Alors, t'es partant ?

— Plus que jamais, monsieur le Duc.

— Il n'y a pas de monsieur le Duc. Ici, il y a juste Olivier.

— Très bien, monsieur Olivier.

— Tiens ! Maintenant que tu fais partie des nôtres, je t'invite par la même occasion à mon mariage, qui aura lieu demain à quatorze heures, à la Chapelle Saint-Sauveur, à Issy les Moulineaux.

— Ah…vous allez vous…remarier ?

— Quoi, ça t'étonne ? Ma femme est morte depuis quoi ? Deux semaines maintenant. Il est grand temps que je me remarie, moi, tu ne trouves pas ? Il m'est impossible de rester veuf plus longtemps.

— Oui, oui, bien sûr, j'y serai. Mais qui est la future madame Jaluzot ?

— Tu connais Emma Dupetit ?

— Emma ? Vous voulez dire la couturière ?

— Tout à fait, c'est celle-là même que j'épouse.

— Ah ! Très bien, alors, euh…toutes mes félicitations. Je vous souhaite beaucoup de bonheur à tous les deux.

Nous aussi, nous souhaitons beaucoup de bonheur (qu'il mérite !) au Duc Olivier Jaluzot, ainsi qu'à la future Docteur Emma (dite « hanches développées ») Jaluzot.

Margot

Je suis sur le pont avant du bateau, et je ne peux m'arrêter de pleurer. J'ai pour unique bagage cette mallette que mon mari m'a donnée avant de partir. Il faut bien avouer qu'Olivier m'a complètement épatée. J'ignore si je le reverrai un jour, mais je garderai toujours en mémoire que j'ai été mariée à un héros, un vrai !

Je repense à Mathieu, et me dis que jamais plus je ne tomberai amoureuse. À l'instant même où je suis montée dans cette voiture, j'ai su que mon cœur lui serait toujours réservé, et qui sait...peut-être que nos routes se recroiseront un jour, quand la guerre sera finie. S'il ne m'a pas oubliée entre temps. Tandis que j'essaye de me persuader que Mathieu va m'attendre, me voilà en train de redoubler de sanglots.

Soudain, je sens des mains sur mes yeux. Je reconnais tout de suite ces mains calleuses que j'aime tant. Je suis en train de perdre la raison, car je prends mes rêves pour la réalité. Je n'y crois toujours pas, jusqu'à ce que je l'entende me chuchoter :

— Tu croyais que j'allais laisser filer ma « scandaleuse Margot de Buissière-Jaluzot » sans rien dire ?

C'est totalement incrédule que je me retourne, et transforme instantanément mes larmes de tristesse en larmes d'immense bonheur. Euphoriques, nous nous embrassons sans pouvoir nous arrêter, en oubliant complètement l'endroit où nous nous trouvons.

Une fois l'émotion de nos retrouvailles passée, nous nous dirigeons vers ma cabine, et après tant de temps, pouvons enfin nous aimer, encore et encore, en perdant complètement la notion du temps.

Au petit matin, en caressant le dos de Mathieu, je pousse un soupir de bien-être. Ma première pensée est pour le Duc, que je remercie intérieurement, car c'est grâce à lui que nous sommes réunis. Je prie D. de toutes mes forces, avec toute la sincérité dont je suis capable, pour qu'enfin, à son tour, Olivier soit réuni avec celle qui fait battre son cœur.

Un peu plus tard, je décide qu'il est temps de sortir de notre nid d'amour, et de s'habiller. Juste avant de me laver, voulant préparer mes vêtements à l'avance, j'ouvre la petite valise, pour en extraire ce dont j'ai besoin.

Cependant, au lieu de trouver des changes, je découvre à ma grande surprise, mon bagage complètement rempli de dollars américains, accompagnés d'une enveloppe. Je reste totalement interdite face à tout cet argent. Avant de réveiller Mathieu pour lui annoncer que nous sommes riches, j'ouvre l'enveloppe pour trouver une lettre que mon Duc m'avait écrite :

« Ma chère Margot,

Si tu lis cette lettre, c'est que tu es en route vers ta nouvelle vie, et que j'ai réussi à tenir la promesse que j'ai faite à tes parents avant de te prendre pour épouse. Je voulais que tu saches que nous avons préféré faire les choses sans t'en parler, parce que comme ton père te l'a dit quand nous étions dans la chambre, nous avons voulu te protéger du poids du secret, et de la souffrance qu'il engendrerait indéniablement.

Il y a quelques années maintenant, j'ai fait la connaissance de tes parents lors de réunions politiques. Chaque fois que ta mère prenait la parole, elle m'impressionnait beaucoup. Elle était intelligente, et très engagée dans la lutte pour repousser l'ennemi qui grondait. Ton père, lui, était plus réservé, mais quand il parlait à son tour, on savait que ce n'était jamais pour rien. Nous avions tous conscience qu'une terrible guerre allait avoir lieu, et le moral de notre groupe était souvent au plus bas. J'étais moi-même plus miné que les autres, car je savais que mon père et moi avions des avis complètement divergents sur la question des juifs, et sur la politique en général. Me voyant soucieux et déprimé, c'est ta mère qui m'a présenté Emma. D'instinct, elle a senti qu'elle était la femme qu'il me fallait, et elle avait raison. Tout de suite, Emma et moi sommes tombés amoureux, et nous avons voulu nous marier. Je savais dès le départ qu'Emma était stérile, à cause d'une opération qui avait mal tourné. Cela m'était bien égal, tant que nous étions ensemble. Mais Emma n'était pas d'accord, et elle voulait que je prenne le temps de bien réfléchir, avant de m'engager pour de bon. Un soir, je me suis confiée à ta mère, et elle a eu cette idée. Connaissant mes parents, elle savait très bien qu'ils n'accepteraient jamais mon union avec une roturière sans le sou, qui plus est incapable d'enfanter. Alors, ton père a suggéré l'idée de nous marier, toi et moi, dans le but d'avoir une protection mutuelle. Je trouvais l'idée assez repoussante, mais Emma et ta mère m'ont convaincu que pour le bien de tous, je devais accepter cet arrangement.

Au début, ma bien-aimée a plutôt bien supporté notre mariage, jusqu'à ce que tu te mettes à lui raconter nos ébats nocturnes. Elle me répétait toujours qu'elle parvenait à se faire à l'idée que nous étions ensemble, mais pas jusqu'à nous visualiser à l'aide des détails que tu lui racontais en toute insouciance. Alors, au bout de quelques mois, ne supportant plus notre double vie, elle m'a quittée. Juste avant, elle avait cru bon de rajouter :

« Et fais-moi plaisir, Olivier, arrête d'être assez bête pour ne pas avoir compris que Margot s'arrange toujours pour ne pas tomber enceinte. Fais ce qu'il faut pour que mon sacrifice ne soit pas vain. Adieu. »

Tu te doutes bien que j'étais dans tous mes états. Penser que je n'allais plus jamais être avec Emma par ta faute, m'a rendu complètement fou. Alors j'ai bu, bu, et encore bu, pour de bon, cette fois-ci ! D'habitude, je me contente de faire tremper mes vêtements dans de l'alcool, pour ensuite les faire sécher à l'air libre. Cela suffit pour me faire passer pour un alcoolique notoire.

Cette nuit-là, j'étais dans une telle colère contre toi, si fou de rage, si triste, que je voulais me venger, et te faire…ce que tu sais.

Je tenais à t'écrire que pas un jour ne passe sans que je regrette mon acte barbare et odieux à la fois. Nous ne nous sommes jamais vraiment entendus, mais je me disais que, peut-être un jour, nous serions au moins amis. Il était clair qu'avec ce que je t'avais fait, tu ne pouvais que me détester. Je voudrais juste qu'un jour tu me pardonnes d'avoir été cet homme que je n'aurais jamais soupçonné être.

Pour te prouver que tes parents et moi ne voulions que ton bonheur, tu trouveras une valise de billets, qui te permettra de commencer une nouvelle vie confortable. Tu trouveras aussi dans le double fond de la valise, les titres de propriété de mes magasins, valables pendant quatre-vingt-dix-neuf ans. Tous les papiers ont été validés par le notaire de ma famille.

Adieu. Ton mari. »

À la fin de la lecture, très secouée, et aussi soulagée d'avoir enfin compris, je plie et fais glisser la lettre dans la robe que je portais la veille. Mon attention se reporte une fois de plus sur la valise. Je soulève le double-fond, et je découvre les fameux papiers. Ils sont exactement là où le Duc m'avait dit qu'ils seraient.

Avec une certaine nervosité, j'arrache l'enveloppe qui contient les documents, et je découvre mes nouveaux papiers d'identité. C'est un réel plaisir de pouvoir lire : « Ruth Blum ».

Jaluzot a fait tout signer avec mon identité d'origine. Il a vraiment pensé à tout !

En lisant mon prénom noir sur blanc, je prends la décision de dire définitivement au revoir à Margot, pour laisser la place à Ruth.

En retournant dans les bras de mon amoureux, je pense à la promesse de maman qui se réalise, puisqu'à partir de ce jour, je ne pourrai jamais oublier que je m'appelle Ruth.

FIN

Mais, pas tout à fait...

Au bout de quelques jours, Margot et Mathieu retrouvent monsieur Blum. Ils vivent confortablement tous les trois dans un appartement à Brooklyn grâce à l'argent du Duc. Ils ouvrent également un autre atelier de couture. Grâce au talent et à la détermination de Ruth, les collections de prêt-à-porter attirent la clientèle, et remportent un franc succès.

Bien après la guerre, Margot est revenue en France pour faire valoir ses droits, récupérer son atelier, et la totalité des magasins, qui ont été gérés par la famille Jaluzot en son absence.

Malgré quelques soucis de fertilité, Margot et Mathieu ont pu avoir deux enfants. Même après la découverte de l'horreur qu'ont subi les juifs pendant la guerre, Mathieu s'est converti au judaïsme en 1963, auprès du consistoire de Paris. Ils ont vécu toute leur vie entre les États-Unis et Paris. Ils furent très heureux jusqu'à la fin de leurs jours.

Quant au Duc...

Juste avant la fin de la guerre, il s'est fait fusiller lors d'une dernière mission suicide. Il a laissé derrière lui sa nouvelle femme en deuil qui, à sa grande surprise, a découvert au même moment qu'elle attendait une petite fille, qui n'a jamais connu son père.

En Israël, dans l'allée des justes, un arbre porte son nom. Le Duc Olivier a contribué à sauver plus de mille familles juives françaises, en détournant des trains en partance de Drancy.

En apprenant la vérité sur son fils, le Duc Jaluzot-père est mort d'une crise cardiaque.

Les parents Weil ont été déportés à Drancy, juste après la rafle du Vel d'Hiv. Il n'y a eu aucun survivant (officiel).

La nuit de la fuite de Benjamin, monsieur et madame Weil ont changé d'avis. Ils ont réveillé leurs filles, en leur demandant de partir avec leur grand frère. Dans la matinée, une fois loin, les parents sont partis signaler à la police que leurs trois enfants avaient disparu dans la nuit. Le lendemain, trois corps correspondant à la description faite par monsieur et madame Weil ont confirmé la nouvelle que leurs enfants étaient morts noyés.

En réalité, c'est la concierge de l'immeuble qui faisait partie du même groupe de résistants que le Duc, qui avait tout orchestré en volant des corps de la morgue du quartier.

Benjamin, Camille, Henri, Sophie, et les filles, sont devenus, Édouard, Chantal, Francis Lisette, Marie-Claire, Elizabeth de Beaumont. Ils sont restés bien après la guerre dans un petit chalet sur les hauteurs de Cran-Montana. Ensemble, ils ont développé le concept de l'ancêtre du « Bed and Breakfast ». Benjamin-Édouard, et Camille-Chantal eurent quatre enfants. Benjamin a adopté les enfants de Camille.

Dès que cela a pu être possible, toute la famille a entrepris un voyage en terre Sainte, pour ne plus jamais la quitter. Seul Henri s'est converti au judaïsme.

À ce jour, on ne compte pas moins de soixante-seize membres dans la famille Weil-De Beaumont.

N'oublie pas que tu t'appelles Ruth

N'oublie pas que tu t'appelles Ruth

Printed in Great Britain
by Amazon